Roland Lange

DUNKLE GESCHICHTEN AUS DEM

Bildnachweis
Christian Dolle, S. 10; Volker Wille, S. 13, 15; pattilabelle, S. 19 (https://de.fotolia.com/id/121517671); ullstein bild-Langrock: S. 33; Stadtarchiv Clausthal-Zellerfeld, (aus der Privatsammlung Seidel), S. 38; Roland Lange, S. 45, 65, 67; Bernd Schneider, S. 46, 61; ullstein bild-Teuropress: S. 51; Lutz Pusecker (verstorben, Rechtsnachfolgerin Corina Bialek), S. 55; ullstein bild-phototHek: S. 70; Stefan Bellini, S. 74 (https://commons.wikimedia.org/wiki/ File:Stele_zum_Gedenken_an_Todesmärsche_Braunlage_1.JPG); Bundesgrenzschutz-Kameradschaft® Goslar e.v.: S. 79

Danksagung
Ein ganz herzliches Dankeschön für die Kooperation und Unterstützung an Volker Wille, Stefan Berger-Ernst, Heidi Stein, Helge Frank, Horst Schneemann, Hans-Günther Bücking, Firouz Vladi, Benno Schmidt

1. Auflage 2018

Umschlaggestaltung: r2 | Ravenstein, Verden
Layout und Satz: Schneider Professionell Design, Schlüchtern-Elm
Druck: Druckerei Zimmermann Druck + Verlag GmbH, Balve
Buchbinderische Verarbeitung: Buchbinderei S. R. Büge, Celle

34281 Gudensberg-Gleichen, Im Wiesental 1
Tel. 0 56 03 - 9 30 50 www.wartberg-verlag.de
ISBN 978-3-8313-2874-1

Inhalt

Robin Hood, der Harz und die Wilddiebe

Er nahm der Obrigkeit und gab den Armen. So könnte man in einem Satz die Legende um den berühmten Robin Hood zusammenfassen. Wir wissen natürlich, dass es diese eine Person „Robin Hood" im Mittelalter nicht gab und dass der Name im England des 13. Jahrhunderts als Spitzname und Synonym für „Gesetzesbrecher" benutzt wurde. Dennoch entwickelte sich Robin Hood zu einem Mythos, wurde zu einer einzelnen Person und mit der Zeit unsterblich. In den ältesten schriftlichen Quellen Mitte des 15. Jahrhunderts als gefährlicher Wegelagerer beschrieben, mutierte er im Laufe der Jahrhunderte in englischen Balladenzyklen zu dem positiven Helden, den wir aus der heutigen Sage kennen – dem enteigneten englischen Adligen und Patrioten, der sich gegen die Normannen stellt und zum Vorkämpfer für soziale Gerechtigkeit wird.

Auch der Harz kennt seinen Robin Hood – einen Mann, der seinen Rückhalt in der einfachen Bevölkerung hatte und dem sogar vereinzelt aus den Reihen der Herrschenden Respekt entgegenschlug. Er reicht bei Weitem nicht an das sagenhafte englische Vorbild heran, aber immerhin war dieser Mann keine Erfindung der Balladendichter, sondern ein Mensch aus Fleisch und Blut, genauer gesagt, ein Leineweber namens Johann Gottfried Gangloff. Geboren am 23. Mai 1794 in Hohlstedt in der Goldenen Aue, wuchs er in Armut auf. Wie seine Eltern erlernte er den Beruf des Webers, heiratete und musste vier Söhne und zwei Töchter ernähren. Seit 1819 lebte er in Sylda im Mansfelder Land.

Vermutlich trieb die große Not, unter der die Weber damals zu leiden hatten, Gangloff dazu, durch Wilddieberei den allgegenwärtigen Hunger etwas abzumildern, sei es, dass er das erlegte

Wild verkaufte oder dafür sorgte, dass die Familie gelegentlich ein Stück Fleisch zu essen bekam.

Die Vergleiche mit dem Sagen-Robin-Hood bieten sich spätestens dann an, wenn man die Wildererkarriere des Johann Gottfried Gangloff betrachtet. Er wird als jemand beschrieben, der eine ausgeklügelte Jagdstrategie entwickelte, das Verhalten der Forstbeamten über Tage und Wochen genau beobachtete und seine guten Kontakte zu Holzhackern, Dienstmägden, Leinewebern und Gastwirten intensiv nutzte. Seine Menschenkenntnis kam ihm beim Wildern ebenso zugute, wie die Unterstützung aus der einfachen Bevölkerung und die Gegebenheiten des Harzes mit seinen dichten Wäldern, Bergen und Höhlen.

Gangloff war, so wird es überliefert, bei den einfachen Mitbürgern sehr beliebt, und das nicht nur, weil er ihnen manchmal einen Teil von seiner Beute überließ. Vielmehr war er der personifizierte Widerstand gegen die Herrschenden, denn die Wilderei war eine der ausdrücklichsten Formen der Auflehnung der „kleinen Leute“ gegen die oft sehr tyrannischen Landesherren. Und gerade über sein Jagdmonopol wachte der Adel eifersüchtig und mit Argusaugen.

Lange Zeit konnte Gangloff nicht der Wilderei überführt werden. Dazu war er ein zu guter Schütze, der nie ein angeschossenes Tier und somit keine Spuren hinterließ. Außerdem verarbeitete er die erlegten Tiere sofort vor Ort in abgelegenen und schwer zugänglichen Höhlenverstecken. Und er unternahm seine Beutezüge in einem recht ausgedehnten Gebiet bis hin in die Gegend um Naumburg und den Kyffhäuser. Ihm auf die Spur zu kommen, war so äußerst schwierig.

Zu einer guten Wilderergeschichte gehört natürlich der eine Jäger, der es sich zur Aufgabe gemacht hat, den verhassten Wilddieb zur Strecke zu bringen. Carl Stief war so einer.

Der junge Revierförster, um das Jahr 1834 in den Harz versetzt, hielt in der Öffentlichkeit nicht damit hinter dem Berg, dass er es auf Gangloff abgesehen hatte und nur aus dem einen Grund durch sein Revier pirschte, den Wilderer auf frischer Tat zu stellen.

Dass letztendlich Förster Carl Stief derjenige war, der im Wald den Tod fand, auch das gehört zu der guten, alten Geschichte vom Wilderer und seinem Kontrahenten. In diesem Falle allerdings schlecht, weil nicht erfunden, sondern traurige Wahrheit. Natürlich wurde Gangloff des Mordes verdächtigt, festgenommen und mangels Beweisen wieder aus der Untersuchungshaft entlassen. Später stellte sich heraus, dass er tatsächlich nicht der Mörder war.

Gangloff wilderte unbeirrt weiter, bis es schließlich kam, wie es kommen musste: Am 10. Juni 1837 erwischte Revierjäger Siebert den Wilderer, schoss ihn an und verletzte ihn schwer. Im Gefängnis in Sangerhausen legte Gangloff ein umfassendes Geständnis über seine Wilderei ab. Welchen Ruf der Wilderer Johann Gottlieb Gangloff in der Bevölkerung genoss, lässt sich daran ablesen, dass sogar die Jäger des Harzes Geld für ihn sammelten, um ihm durch eine bessere Verpflegung den Gefängnisaufenthalt erträglicher zu machen. Und als er am 9. November des gleichen Jahres seiner Schussverletzung erlag, war die Anteilnahme groß. Zwar wurde er irgendwo an der Stadtmauer von Sangerhausen verscharrt, aber in Sylda, seinem Heimatort, fand der größte, je im Harz gesehene Trauerzug statt. Gangloff, bereits zu Lebzeiten eine Legende, wurde zur unvergessenen Figur, als ab 1871, also mit der Reichsgründung, Lieder und Gedichte über ihn verfasst wurden. Tageszeitungen widmeten sich dem mittlerweile zum Mythos gewordenen Gangloff, Puppentheater spielten auf den Märkten seine Geschichte, die sich mehr und mehr von der Realität entfernte.

Zu Zeiten der sozialistischen Machthaber wurde der Deckmantel des Schweigens über die Geschichte des Wilderers gehängt. Das Volk hatte nicht aufmüpfig zu sein und sollte nicht über Missstände nachdenken. Insofern wäre Gangloff ein schlechtes Vorbild und eine Gefahr für die DDR-Elite gewesen. Heute jedoch wird das Andenken an den Wilderer zumindest in seiner Heimatgemeinde Sylda wieder hochgehalten. Ihm zu Ehren steht auf dem Platz vor der Gemeindeverwaltung ein Gedenkstein.

Das Leben und Wirken des Wilderers Gangloff ist eine uralte Geschichte und dennoch lohnt es sich, einen Blick darauf zu werfen, wenn man aktuelle Berichte über Wilderei im Harz und andernorts liest. Der Reiz des illegalen Tötens von Wildtieren scheint ungebrochen. Dennoch gibt es gravierende Unterschiede, was die Motive betrifft. War Gangloff jemand, der aus großer Not heraus gehandelt und versucht hat, seinen und den Hunger seiner Mitmenschen zu lindern, jemand, der auf seine Weise der Unterdrückung durch die Feudalherren entgegengetreten ist, so scheint die heutige Wilderei, zumindest in den Fällen, die mir bekannt sind, offenbar durch die Lust am Töten und Quälen motiviert zu sein. Anders kann ich es mir nicht erklären, dass Menschen im Harz illegal Reh und Hirsch erschießen oder gar nur anschießen und danach wenig fachmännisch enthaupten. Die Kadaver werden einfach in der Feldmark liegen gelassen. Oder die trächtige Luchsin, die 2016 im Harzkreis erschossen aufgefunden wird – sicher nichts, was in irgendeiner Form zu rechtfertigen wäre. Wilderei – bestimmt wird es auch in Zukunft weiterhin Menschen geben, die illegal dem Wildbestand im Harz und an anderen Orten in unserem Land auf den Leib rücken. Allerdings wird kaum jemand sein Treiben mit hehren Motiven, wie denen eines Gangloff-Robin-Hood, rechtfertigen können.

Die verschleppten Kinder

Es gibt Ereignisse, die Menschen stärker berühren als andere, auch wenn sie schon Jahrzehnte zurückliegen. Einfach deshalb, weil sie einem das ganze Ausmaß menschlichen Wahnsinns vor Augen führen.

Die Rede ist von der Kinderklinik im Borntal in Bad Sachsa. Vermutlich haben die Eltern, deren Kinder irgendwann einmal in den Jahren nach dem Krieg bis zur Schließung 1992 in der Klinik ärztlich versorgt wurden, nur selten einen Gedanken an die Geschichte der Gebäude verschwendet. Vielleicht erinnern sie sich an die Häuser mit der dunklen Holzverschalung, an die Walmdächer, die hölzernen Außentreppen und Balkone – und an die langen Eiszapfen, die in strengen, schneereichen Wintern von den Dachrinnen hingen und vor denen man sich in Acht nehmen musste, damit sie einem nicht auf den Kopf fielen. Vielleicht waren ihnen die Häuser wie eine winzige Siedlung erschienen, am Stadtrand, in der Harzer Waldlandschaft, ganz und gar untypisch für die sonst üblichen steinernen Krankenhauskomplexe. Ein Ort, an dem Kinder wohl schneller gesund werden, als in einer von nüchterner Sterilität und kalter Krankenhaustechnik beherrschten Umgebung.

Längst sind die Gebäude einem Campingplatz gewichen, womit auch die letzten sichtbaren Zeichen der schrecklichen Vergangenheit getilgt wurden – der Zeit, in der man die Häuser zum Gefängnis für verschleppte Kinder gemacht hatte. Ursprünglich von der 1935 gegründeten Daniel-Schnackenberg-Stiftung als Erholungsheim für Bremer Kinder gedacht, errichten örtliche Unternehmen bei Bad Sachsa in den Jahren 1936 bis Ende 1937 sieben Einzelhäuser und ein Wirtschaftsgebäude. Zwei bereits bestehende Gebäude sollen als Verwaltungs- und Isoliergebäude benutzt werden. Es wird für insgesamt 200 Kinder Platz geschaffen. Das Kinderheim „Bremen“ wird am 19. Juli 1936 eröffnet. Nachdem die Schnackenberg-Stiftung schon im Dezember 1935 wieder aufgelöst wird und das Heim zwischenzeitlich auf die Stadtgemeinde Bremen übergeht, gelangen die Häuser im April 1938 in das Eigentum der Nationalsozialistischen Volkswohlfahrt (NSV), die in den Folgejahren das Personal stellt.

Als im Juli 1944 das Attentat auf Adolf Hitler und damit der Umsturzversuch scheitert, beginnt eine neue, beispiellose Verfolgungs- und Terrorwelle. Die Gestapo setzt eine „Sonderkommission 20. Juli“ ein, es werden mehr als 600 Menschen festgenommen und unter den Verdacht gestellt, an dem Umsturzversuch beteiligt gewesen zu sein. Die verhafteten Offiziere werden aus der Wehrmacht ausgestoßen, in mindestens 55 Prozessen vor dem Volksgerichtshof werden über 130 Personen verurteilt, 104 von ihnen zum Tode.

Im Zusammenhang mit dem gescheiterten Umsturzversuch entscheiden Adolf Hitler, Heinrich Himmler und Generalfeldmarschall Wilhelm Keitel am 30. Juli 1944 über ein neues Einschüchterungsinstrument. Unbeteiligte Familienangehörige der Umstürzler und Widerständler sollen in „Sippenhaft“ genommen werden. Den Auftakt der Maßnahme „Sippenhaft“ bildet die Festnahme von Angehörigen aus den Familien von Stauffenberg und von Seydlitz. Danach werden weitere, mehr als 300 Angehörige jener Widerstandskämpfer verhaftet, die am Attentat auf Adolf Hitler beteiligt waren oder sich in sowjetischer Kriegsgefangenschaft dem Nationalkomitee „Freies Deutschland“ angeschlossen hatten.

Während man die Mütter und älteren Geschwister vielfach in Gefängnissen und Konzentrationslagern inhaftiert, werden die Jüngeren, die Kleinkinder und Babys von ihnen getrennt und verschleppt. Diese Kinder landen im NSV-Heim in Bad Sachsa. Dafür wird Ende Juli/Anfang August 1944 das Kinderheim „Bremen“ im Borntal auf Weisung des Berliner Reichssicherheitshauptamtes überstürzt geräumt. 200 regulär untergebrachte Kinder und Jugendliche müssen zusammen mit den Schwes-

Haus des ehemaligen Kinderheims „Bremen“ im Borntal.

ternschülerinnen das Heim verlassen. Beamte der Gestapo-Außenstelle Nordhausen durchsuchen anschließend das Heimgelände, die zurückbleibenden Kindergärtnerinnen werden zur absoluten Geheimhaltung verpflichtet.
Vier der Häuser werden für die Neuankömmlinge, für Jungen und Mädchen getrennt, ein weiteres für Babys und Kleinkinder eingerichtet. Insgesamt wird Platz für bis zu 200 Kinder geschaffen. Damit ist in Bad Sachsa eine Haftanstalt für die jüngsten „Sippenhäftlinge" entstanden, in der ab der zweiten Augustwoche 1944 die ersten, von Gestapo-Beamten begleiteten Kinder eintreffen. Ziel der Verschleppungsaktion ist es, diese Kinder vollkommen von ihren Familien zu entfremden, ihnen ihre Identität zu rauben. Die Pläne sind ebenso effizient, wie grausam. Die Kinder erhalten neue Vor- und Nachnamen, Geschwister werden voneinander getrennt. Die Nennung der wahren Namen ist verboten, die kleinen Häftlinge erhalten frei erfundene Lebensläufe. Einiges deutet darauf hin, dass man zumindest die Jüngeren unter ihnen zur Adoption freigeben will, während die älteren mit ihrem neuen Namen in nationalsozialistische Internate aufgenommen werden sollen.
Ende September 1944 jedoch deutet sich bei der NS-Führung ein Sinneswandel an. Statt der 200 geplanten Kinder sind bisher lediglich 40 ins Borntal in Bad Sachsa verschleppt worden. Einige Mütter, die jetzt aus der „Sippenhaft" entlassen werden, erhalten ihre Kinder wieder. Sie haben offensichtlich als Druckmittel ausgedient. Zurück im Borntal bleiben lediglich 18 Kinder, die in einem der Häuser zusammengelegt werden. Im Frühjahr 1945 kommen einige neue dazu. Sie alle sollen Anfang April 1945 in das Konzentrationslager Buchenwald überführt werden, wo bereits weitere „Sippenhäftlinge" untergebracht sind. Dazu kommt es jedoch nicht mehr, denn ein Luftangriff auf Nordhau-

sen zerstört die Bahnanlagen, sodass ein Transport unmöglich wird. Die Kinder kehren zurück ins Heim im Borntal und verbringen die letzten Kriegstage im Keller eines der Häuser.
Nachdem die amerikanischen Truppen Bad Sachsa am 12. April 1945 besetzt haben, nimmt der neue kommissarische Bürgermeister der Stadt, Willi Müller, die verschleppten Kinder aus dem Borntal unter seinen Schutz. Im Sommer und im Herbst 1945 können sie dann endlich zu ihren Müttern zurückkehren.

Dunkle Wolken über dem Stöberhai

Kaum etwas hat die jüngere Geschichte des Harzes wohl so sehr geprägt, wie die innerdeutsche Grenze, die das Mittelgebirge nach dem Zweiten Weltkrieg bis zu ihrem Fall im Jahr 1989 durchschnitt. Während der Westteil des Harzes sich nicht zuletzt Dank staatlicher finanzieller Hilfen wieder zum Urlaubs- und Naherholungsgebiet, besonders für die ältere Generation und die Einwohner Westberlins entwickelte, lebten die Menschen auf der anderen Seite des Grenzzauns unter der allgegenwärtigen Kontrolle der kommunistischen Staatsgewalt. Deren vorrangiges Anliegen, den Arbeiter- und Bauernstaat gegen die Einflüsse des Klassenfeindes abzuschotten und zu verhindern, dass die Menschen die DDR massenweise verließen, führte dazu, dass die Grenzanlagen immer lückenloser und mit immer perfideren Methoden überwacht wurden.
In dieser Zeit des Kalten Krieges zwischen Ost und West bildete die innerdeutsche Grenze die Nahtstelle der verfeindeten Systeme des Ostens und des Westens. Entsprechend präsent war

Der Aufklärungsturm auf dem Stöberhai im Winter.

das Militär auf beiden Seiten der waffenstarrenden Grenze. Die Überwachung und Beobachtung des jeweiligen Gegners wurde intensiv betrieben, sei es über die sowjetischen Abhöranlagen auf dem Brocken, oder die militärischen Aufklärungseinrichtungen entlang der DDR-Grenze auf der Westseite.

Zu den Einrichtungen im Westen gehörte auch der Aufklärungsturm auf dem Stöberhai, dem höchsten Berg des Südharzes in der Nähe des kleinen Ortes Wieda. Die dort stationierten Soldaten der Bundeswehr hatten die Aufgabe, Aktivitäten der gegnerischen militärischen Kräfte bis weit nach Osten in das Gebiet des Warschauer Paktes hinein zu erfassen und auszuwerten. So erfuhren sie von Spannungen oder gefährlichen Ereignissen, die sich anbahnten. Während die meisten Menschen sich in Sicherheit und Frieden wähnten, wussten die Männer auf dem Stöberhai, wie brüchig dieser Friede war.

Besonders im Jahr 1968 wurde das gegenseitige militärische Stillhalten auf eine harte Probe gestellt, als die tschechoslowakische kommunistische Partei unter Alexander Dubček den Versuch unternahm, einen „Sozialismus mit menschlichem Antlitz" zu gestalten. Diese Entwicklungen, die später als „Prager Frühling" in die Geschichte eingingen, wurden von den Warschauer Paktstaaten konsequent abgelehnt und die militärische Großwetterlage änderte sich schnell.

Die Männer, die in jenen Tagen Dienst auf dem Stöberhai taten, erinnern sich sehr gut an die Unruhe, die Dubčeks Partei mit ihren Aktivitäten, dem politischen System eine neue Richtung zu geben, auslöste. So wurden plötzlich alle Soldaten, auch diejenigen, die bereits mit ihren Familien in Wohnungen außerhalb der militärischen Unterkünfte lebten, in die Kaserne in Göttingen zurückgerufen. Eine sehr ernste Situation schien sich anzubahnen, denn es handelte sich nicht um eine Übung. Es wurden Waffen ausgegeben und der Aufenthalt in der militärischen Unterkunft wurde auf unbestimmte Zeit befohlen.

Auch auf dem Stöberhai-Turm war die Anspannung greifbar. Die elektronische Aufklärung der militärischen Entwicklung jenseits der Grenze bekam absoluten Vorrang. Die Männer saßen jetzt, anders als sonst, bewaffnet im Dunkel des Turms, jeder für sich an seinem Arbeitsplatz, den eingehenden Signalen und Geräuschen im Kopfhörer lauschend und den Blick sorgenvoll auf die Erfassungsgeräte gerichtet.

Wie brisant die Lage war, erkannten die diensthabenden Soldaten auf dem Turm, als auf dem Gebiet der DDR ab dem Juni 1968 mehrere Manöver stattfanden und sie auffällige Truppenansammlungen in Sachsen feststellten. So wurde zum Beispiel eine Panzerdivision der NVA auf einen Truppenübungsplatz in Weißwasser in der Oberlausitz verlegt, eine weitere in den

Raum des Hermsdorfer Kreuzes. Diese NVA-Kräfte waren den sowjetischen Militärs unterstellt.
Eins der Manöver namens ÄTHER wurde unter Beteiligung der Nachrichtentruppen durchgeführt. Nach der Übung wurden die NVA-Kräfte jedoch nicht, wie sonst üblich, wieder zurückgezogen, sondern sie blieben vor Ort, auch später, als die sowjetischen Militärs auf das Territorium der □SSR vordrangen.
Dann fand am 21. August 1968 die Operation DONAU statt. Ab diesem Datum spitzte sich die militärische Bedrohung nochmals zu und das DDR-Verteidigungsministerium löste erhöhte Gefechtsbereitschaft für die gesamte DDR aus.
Später fielen den Erfassern auf dem Stöberhai ungewöhnliche Aktivitäten eines sowjetischen Aufklärungsregimentes in Welzow in Brandenburg auf, das plötzlich die Wetterbedingungen

Richtfunkerfassungsplatz im Aufklärungsturm.

über Prag erkundete. Sowjetische Militärflugzeuge, die als fliegende Gefechtsstände Bodentruppen unterstützten, befanden sich im tschechoslowakischen Luftraum. Und als sowjetische Spezialkräfte aus dem Militärbezirk Leningrad schließlich den Tower des Flughafens Praha-Ruzyne besetzten, erreichte die Bedrohung einen weiteren Höhepunkt.

Auf dem Stöberhai verstärkte sich die Sorge der Männer, als neue gravierende Veränderungen der Kräfte offenbar wurden. Jagdfliegergeschwader der NVA übernahmen die Überwachung des gesamten Luftraumes in der DDR, denn die Luftstreitkräfte der sowjetischen Truppen in der DDR wurden in die □SSR verlegt, eine Entwicklung, die nichts Gutes ahnen ließ und die Furcht vor dem Schlimmsten zusätzlich schürte.

Noch heute schwingt in den Erzählungen der Männer, die das militärische Geschehen rund um den Prager Frühling auf dem Stöberhai miterlebt haben, die Beklemmung mit, denn ihnen war bewusst, wie dicht die Welt damals abermals am Abgrund stand und wie nahe man einem weiteren großen Krieg war.

In den Jahren danach gab es bis zur Öffnung der innerdeutsche Grenze immer wieder Zeiten, in denen die militärischen Kräfte im Rahmen von Manövern eine Bedrohung darstellten und nicht nur bei den Männern auf dem Stöberhai dunkle Wolken erzeugten. Aber niemals wieder löste ein Ereignis so große Ängste aus, wie die unheilvollen Aktivitäten rund um den Prager Frühling im Jahr 1968.

Ein Schuss ... ein Schuss!

„Früher war alles anders!“
Das ist ein oft gehörter Satz, ausgesprochen von Menschen zu allen Zeiten, die den größten Teil ihres Lebens hinter sich gebracht haben und deren Blick gerne auf die Vergangenheit gerichtet ist. „Früher war alles anders ...“ Aber war es deshalb besser? Sicher nicht! Die Zeiten haben sich geändert, ja, und in vielen Dingen zum Besseren. Im Rettungswesen, zum Beispiel. Kürzlich erzählte mir Stefan, ein Bekannter, eine Geschichte, an die er sich mit Grauen erinnert. Stefan ist Rettungssanitäter. Am Freitag, dem 6. Dezember 1990, er war ganz frisch in seinem Beruf, wurde er zu einem Einsatz gerufen, der ihm nach den ganzen Jahren in allen schrecklichen Einzelheiten vor Augen steht. Heute undenkbar, wurde damals der Bereitschaftsdienst von zu Hause aus geleistet. Das hieß, ein Einsatztrupp, der aus zwei Personen bestand, nahm den Rettungswagen und den Krankenwagen mit nach Hause. Der Wochenenddienst etwa begann am Freitagmorgen um acht Uhr und dauerte bis zum Montagmorgen, ebenfalls um acht Uhr. Für jede Arbeit, die in dieser Zeit zu erledigen war, musste sich Stefan selbst auf den Weg machen. Den Luxus, sich von zu Hause abholen zu lassen, gab es nicht.

Stefan startete sein Dienstwochenende an jenem Nikolausfreitag im Jahr 1990 mit der Fahrt zum Krankenhaus in Osterode, um von dort aus das „Alltagsgeschäft“ anzugehen. Doch schon der erste Einsatz des Tages ging Stefan sehr nahe und er hätte ihn sich gern erspart. Er musste den Vater einer ehemaligen Schulfreundin reanimieren. So hatte er sich seinen Beruf nicht vorgestellt! Spätestens jetzt musste er erkennen, was es bedeutete, Menschen, zu denen man eine persönliche Beziehung hatte, in höchster Notlage zu begegnen und alles zu tun, um sie zu retten. Plötzlich gab es keine ausreichende Distanz mehr und der mentale Schutzpanzer, den Stefan sich angesichts menschlichen Leids vor jedem Notfall versuchte umzuschnallen, bekam erste Löcher.

Der Rest des Tages verlief ruhig. Stefan konnte am Abend nach Hause fahren, was natürlich nicht hieß, dass ihm eine arbeitslose Nacht bevorstand. Jederzeit musste er damit rechnen, dass ihn sein Pieper von der gemütlichen Couch oder aus dem warmen Bett warf. Zu allem Überfluss hatte es zu schneien begonnen und der Schneefall wurde von Minute zu Minute stärker. Stefan wohnte damals in der Osteroder Innenstadt und er hatte alle Hände voll zu tun, sich der Schneemassen zu erwehren und den Weg frei zu halten. Im Ernstfall musste er mit seinem Einsatzfahrzeug den Parkplatz ja sehr schnell verlassen können.

Gegen zweiundzwanzig Uhr, als Stefan bereits glaubte, der Abend und die Nacht würden ruhig zu Ende gehen, schrillte plötzlich der Pieper. Die Osteroder Feuerwehrleitstelle alarmierte ihn und beorderte ihn nach Lerbach, dem kleinen Harzdorf unweit der Stadt. „Schussverletzung!“, hieß es und Stefan jagten unweigerlich tausend Gedanken durch den Kopf. Schussverletzung bedeutete, es waren Waffen im Spiel. Das wiederum warf Fragen auf. Die erste und wichtigste Frage: Wer hat auf wen geschossen? Womit? War es eine Pistole? Ein Gewehr? Oder eine andere Waffe? Und vor allen Dingen, warum hatte jemand geschossen? Ein Überfall? Ein Mordversuch? Oder „nur“ eine Beziehungstat? Und was bedeutete das für ihn, Stefan, selbst? Was für ein Szenario würde er vorfinden? Gab es einen Täter, der vor Ort war und auch ihm und seinem Kollegen gefährlich werden konnte? Was war mit der Polizei? War sie bereits da und hatte alles unter Kontrolle?

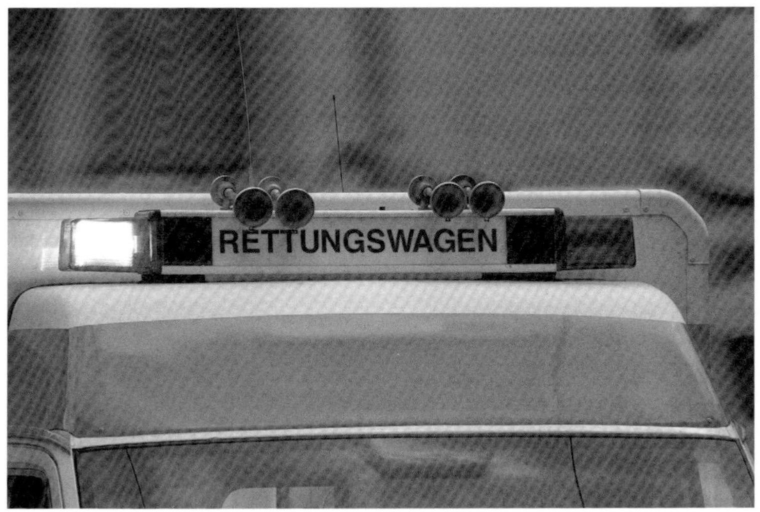

Wenn man das Blaulicht sieht und die Sirene heulen hört, wird man von einem beklemmenden Gefühl überfallen. Man weiß, es ist etwas Schlimmes passiert.

Stefan sagte mir, er hätte damals nie geglaubt, dass es so etwas überhaupt gab. Dass jemand im Harz, in seiner friedlichen Heimat, um sich schießt. Und doch war es so und er musste los, um seinen Job zu machen und zu helfen – Schusswaffe hin oder her. Mit Blaulicht jagte er los und traf seinen Kollegen vor der Sparkasse, Ecke Steiler Ackerweg. Der wiederum sah, wie aufgeregt Stefan, der Neuling, angesichts des bevorstehenden Einsatzes war und holte erst einmal eingelegte Knoblauchzehen heraus, zubereitet nach dem Rezept seiner aus Ostpreußen stammenden Mutter. Zwar war nicht damit zu rechnen, dass Stefan und sein Kollege sich im Verlauf ihres Einsatzes gegen Vampire zur Wehr setzen mussten, aber gegen das Herzklopfen und die Nervosität halfen die Knoblauchzehen allemal. Der Kollege wusste genau, womit man den Puls senkt und die Aufregung ein wenig eindämmt.

Durch dichtes Schneetreiben fuhren die beiden Rettungssanitäter nach Lerbach. Eine völlig aufgebrachte Frau empfing sie vor dem Haus, zu dem man sie gerufen hatte.
„Ein Schuss! Ein Schuss!“, schrie die Frau.
Es kostete Stefan und seinen Kollegen einige Mühe, sie so weit zu beruhigen, dass sie in das Haus gelangen und die Treppe hinaufsteigen konnten. Dorthin, wo der vermeintliche Schuss gefallen war. Ein Bild des Grauens breitete sich vor ihren Augen aus: Ein Mann, erschossen mit einem Gewehr. Allem Anschein nach Selbstmord. Doch das herauszufinden, war nicht die Aufgabe der Rettungssanitäter. Ihnen blieb lediglich die traurige Aufgabe, den Tod des Mannes festzustellen und der endlich eintreffenden Polizei zu erklären, wie sie in das Haus gelangt waren – durch eine Frau, die ihnen die Tür geöffnet hatte und unbemerkt verschwunden war. Bis heute weiß niemand, wer diese Frau war. Ihre Identität konnte nie ermittelt werden.

Vermisst

Es war die Minute, die alles veränderte, der Tag, an dem eine Welt zusammenbrach. Und bis vor Kurzem stand die Frage im Raum und verlangte nach einer Antwort: „Wo ist Dirk?“ 39 Jahren lang suchte Heidi Stein nach ihrem Sohn Dirk, der am 10. März 1979 spurlos verschwand und zu einem der spektakulärsten Vermisstenfälle der DDR wurde.
Alles beginnt an jenem eisigen Wintertag, als die damals 28-jährige Heidi Stein, zu der Zeit verheiratete Schiller, mit ihrem Ehemann, ihrer sechsjährigen Tochter Silvia und ihrem dreijährigen

Sohn Dirk ihren ersten gemeinsamen Winterurlaub verbringt, in der kleinen Stadt Stolberg im Harz. Sie kommen aus dem sächsischen Görlitz, Heidi ist Freizeitpädagogin, ihr Mann Fahrer. Beide arbeiten sie im VEB Kohlekraftwerk „Völkerfreundschaft". Von ihrer Arbeitsstelle haben sie in „Anerkennung für ihre Verdienste" den zweiwöchigen Urlaub im Erholungsheim Stollberg im Harz spendiert bekommen.

Am letzten Urlaubstag unternimmt die Familie einen Ausflug zur Schauhöhle Heimkehle zwischen Uftrungen und Rottleberode. Die Höhle hat noch geschlossen, der Parkplatz ist, bis auf ein anderes Auto, einen blauen Moskwitsch, leer. Während das Ehepaar darauf wartet, dass die Höhle öffnet, spielen die beiden Kinder am nahen Bach, geraten für einige Minuten aus dem Blickfeld der Eltern. Dann kommt Silvia zurück. Ohne ihren Bruder.

„Wo ist Dirk?", fragt ihre Mutter, doch das Mädchen weiß es nicht. Er sei eben noch hinter ihr gewesen, sagt Silvia. Aber jetzt ist ihr Bruder verschwunden. Ebenso wie der blaue Moskwitsch, der kurz zuvor die Aufmerksamkeit der Schillers erregt hatte, weil er ein großes, seltenes Fabrikat ist, das für gewöhnlich nur hohe Parteikader fahren. Daran erinnert sich Heidi Stein jedoch erst später wieder.

Gemeinsam suchen die Eheleute im Umfeld nach ihrem Sohn, laufen am Bach entlang, fürchten, Dirk könne ins Eis eingebrochen sein. Doch der Bach ist tief gefroren, das Eis ist fest. Sie testen es mit Fußtritten, nichts rührt sich, nichts kracht oder knistert. Auf ihr Schreien und Rufen erhalten sie keine Antwort. Panik kommt auf. Schließlich laufen sie zurück zur Höhle, die mittlerweile geöffnet hat. Der Pförtner informiert umgehend Feuerwehr und Polizei in Sangerhausen. Aber trotz der folgenden massiven Suchaktion findet sich von dem Jungen keine Spur.

Die Schillers suchen am nächsten Tag erneut die Gegend ab. Ohne Erfolg. Sie fahren zurück nach Görlitz.
Bei der Polizei in Sangerhausen gibt Heidi Stein eine Vermisstenmeldung auf, wird fünf Wochen später benachrichtigt, dass ihr Sohn ertrunken und vermutlich mit der Strömung des Baches in den nächstgrößeren Fluss getrieben worden sei. Eine Leiche habe man nicht gefunden. Heidi Stein weiß, dass das unmöglich sein kann. Wo sollte ihr Sohn in das Eis eingebrochen sein, so fest und dick, wie es an jenem Tag im Februar war? Der blaue Moskwitsch auf dem Parkplatz mit dem Leipziger Kennzeichen fällt ihr wieder ein. Man verspricht ihr, sich darum zu kümmern. Darüber hinaus sagt man ihr, dass ihr Fotos zugeschickt werden, die ihre Aussage vom zugefrorenen Bach widerlegen würden. Tatsächlich erhält Heidi Stein Fotos, auf denen der geschotterte Parkplatz zu erkennen ist. Aber weder liegt Schnee, noch ist auf dem Bach Eis zu sehen. Das Wasser plätschert munter vor sich hin. Es sind Fotos, die irgendwann später gemacht worden sind, da ist sie sich sicher.
Ein halbes Jahr vergeht, ohne dass Heidi Stein etwas Neues erfährt. Sie wird selbst aktiv, schaltet Suchanzeigen in Zeitungen. Zweifel nagen an ihr. Sie fragt sich, ob die Behörden ihr die Wahrheit sagen, ihren Sohn möglicherweise gar nicht finden wollen. Im Herbst 1979 kündigt sich schließlich ein Funktionär aus Berlin an, um sie im „Fall Dirk“ auf den neuesten Stand zu bringen. Doch der neueste Stand ist der alte. Dirk sei tot, sagt der Mann den Eltern und drängt sie, ihn endlich für tot zu erklären und das entsprechende Formular zu unterschreiben. Heidi Steins Frage nach dem blauen Moskwitsch beantwortet der Mann damit, dass der Halter ermittelt und eine Entführung ausgeschlossen sei.
Entführung – es ist der Mann aus Berlin, dem das Wort über die Lippen kommt. Sie selbst habe es im Zusammenhang mit

dem Verschwinden ihres Sohnes nie ausgesprochen, sagt sie. Wohl aber daran gedacht. Und in diesem Moment glaubt sie, dass es so gewesen sein könnte: Ihr Sohn wurde entführt, wurde womöglich ein weiterer Fall von Zwangsadoption, wie er in der DDR häufig vorkam. Ein offenes Geheimnis unter den Bürgern. Merkwürdig nur, dass Heidi Steins Sohn nicht in das übliche Muster passt. Sonst nämlich werden Müttern, die alleinerziehend und vor allem nicht linientreu sind, die Kinder bereits kurz nach der Geburt weggenommen.

Dem Ehepaar ist klar, dass von den eigenen Behörden keine Hilfe mehr zu erwarten ist. Ihr Fokus richtet sich auf den Westen. Sie stellen einen Ausreiseantrag, auch für Dirk. Der Antrag wird abgelehnt. Doch Heidi Stein gibt nicht auf, will weiterkämpfen. Ihr Mann sieht kaum noch einen Sinn darin. Sie informiert über ihre Cousine in Niedersachsen die Westmedien und den DRK-Suchdienst.

Das Regime erfährt von den Hilferufen in den Westen und verhaftet das Ehepaar am 8. Dezember 1982. Gerade haben sie ihr jüngstes Kind, Claudia, in die Kita gebracht. Viereinhalb Jahre Bautzen lautet das Urteil. Landesverräterischer Nachrichtenübermittlung hätten sie sich schuldig gemacht, hätten ausländischen Organisationen Informationen zukommen lassen, die zum Nachteil der Interessen der DDR gerichtet seien.

Nach fünfzehn Monaten Haft werden die Eheleute von der Bundesrepublik freigekauft und dürfen endlich mit ihren beiden Töchtern in den Westen ausreisen. Das vermeintliche Freiheitsgefühl hält jedoch nicht lange an. Die Seelentortur für die Familie geht weiter. „Wo ist Dirk?“ Die Frage steht nach wie vor im Mittelpunkt, führt schließlich zur Scheidung. Tochter Silvia verlässt mit 17 Jahren das elterliche Heim, erträgt die Frage nach ihrem vermissten Bruder nicht länger. Die Suche ihrer Mutter erscheint dem jungen Mädchen mehr wie ein krankhafter Wahn. Sie will nichts mehr von der Geschichte wissen.

Heidi Stein ist längst wieder verheiratet und führt ein scheinbar geregeltes Leben, als 1989 die Mauer fällt und die Wiedervereinigung kommt. Sie packt die Gelegenheit beim Schopf, fährt nach Magdeburg, hat endlich die Chance, die Akte ihres vermissten Sohnes einzusehen. Mehrere Hundert Seiten sind es, die über den „Fall Dirk" angesammelt wurden.

Ein Eintrag ist es, der sie schockiert zurücklässt, geschrieben von der zentralen Koordinierungsgruppe der Staatssicherheit in Berlin an die Bezirksverwaltung für Staatssicherheit in Leipzig. Es geht um den blauen Moskwitsch auf dem Parkplatz. „Bei möglicher Identifizierung sind keinerlei Maßnahmen einzuleiten. Fehlmeldung ist zu geben. Leiter der Abteilung, Uhlmann, Oberst", heißt es da. Und es gibt eine falsche Angabe in der Akte, der zufolge Dirk nicht 1979, sondern erst 1983 verschwunden ist. Und zwar in Ungarn, nicht im Harz. 1988 versucht ein Verwaltungsbeamter, Dirks Meldedaten zu löschen und seine Existenz auszuradieren.

Trotz aller Ungereimtheiten kann die Kriminalpolizei in den überlieferten Unterlagen keine Anhaltspunkte dafür entdecken, dass die Stasi in das Verschwinden Dirks verstrickt war. Auch wenn Staatsanwaltschaften und andere Behörden längst keinen Grund mehr sehen, die Suche nach Dirk Schiller aufrechtzuerhalten, will Heidi Stein nicht aufgeben. Tausende Flyer sind gedruckt und verteilt, mit einem Phantombild von Dirk, das ihn so darstellt, wie er heute aussehen könnte. Sie gründet den Verein „Netzwerk für Stasiopfer", wendet sich an den vatikanischen Suchdienst, will „Aktenzeichen XY" einschalten. Weitere Jahre vergehen, ohne dass es ein Lebenszeichen von Dirk gibt.

Heidi Stein, mittlerweile Rentnerin, hat trotz Widerständen und offenen Anfeindungen immer weiter gesucht, hat es ertragen, dass man sie für verrückt hielt. Ihr Glaube, dass Dirk lebt, hat ihr die Kraft gegeben, durchzuhalten. Dafür wurde sie jetzt belohnt! Dirk ist nach fast 40 Jahren Trennung wieder aufgetaucht – dank des Berichtes in einer Illustrierten und einer aufmerksamen Leserin, die den Gesuchten wiedererkannt hat!
Was für ein unglaubliches Happy End, dem jetzt nur noch die Bestätigung durch den DNA-Abgleich zwischen Mutter und Sohn fehlt.

Atlantis im Harz

Die Sagenwelt kennt viele mystische Orte und manche Erzählung jagt den Zuhörern wohlige Schauer über den Rücken. Die Geschichten drehen sich um untergegangene Orte, sei es vom Moor oder von einem See verschlungen, und Legenden berichten von Glocken versunkener Kirchen, die bei niedrigem Wasserstand auftauchten und, vom Wind bewegt, ihr gespenstisches Läuten erklingen lassen. Oder sie erzählen von Atlantis, der sagenumwobenen Insel, die angeblich um 9600 vor Christi Geburt mit Mann und Maus im Meer versunken sein soll.
Selbst der Harz hat sein Atlantis, allerdings ist es keine mystische Insel, sondern ein ganz realer Ort, nicht weit von Clausthal-Zellerfeld und Altenau entfernt, der im Wasser versank. Schulenberg hieß das kleine Dorf, einst Bergbau- und Hüttensiedlung, später Waldarbeitersiedlung. Der Bau der Okertalsperre, der 1938 begonnen und nach dem Zweiten Weltkrieg 1949 weitergeführt wurde, hatte zur Konsequenz, dass Schulenberg

im Jahr 1954 aufgegeben werden musste. Das Dorf wurde dem steigenden Wasser überlassen und ging allmählich in den Fluten des Stausees unter. Bevor das Wasser jedoch kam, wurden die Gebäude meist bis auf die Grundmauern abgetragen. Somit gehört am Okerstausee die Geschichte, man könne bei niedrigem Wasserstand im Stausee eine Kirchturmspitze sehen und das Läuten ihrer Glocken vernehmen, ins Reich der Legende ... Wirklich?

Jahrzehnte blieb das Dorf unter dem Wasser verborgen und höchstens ein paar Hobbytaucher gelangten in die Tiefe zu den Mauern, hinter denen einst Menschen lebten. Doch dann, eines Tages im Jahr 2011, gelangten Reste des Dorfes ans Tageslicht. Eine recht kurze Schneeschmelze ließ nur wenig Wasser von den Harzer Bergen in den Stausee fließen und eine lang anhaltende Trockenperiode tat ein Übriges, sodass der Wasserspiegel stark sank. Und plötzlich waren sie zu sehen, die Zeugen des versunkenen Dorfes Schulenberg. Fundamente und bis zu anderthalb Meter hohe Mauerreste und asphaltierte Straßen waren deutlich zu erkennen und lockten Schaulustige an. Unter denen, die auf die Ruinen blickten, waren einige der ehemaligen Bewohner des alten Schulenbergs. Damals, als Jugendliche, mussten sie den Ort wegen der Flutung der Okertalsperre verlassen. Der Blick auf die Überreste ihres ehemaligen Heimatdorfes löste zwiespältige Gefühle in ihnen aus. Angesichts der Ruinen fühlten sie sich wie Heimatvertriebene. Obwohl ihnen der unfreiwillige Umzug in das neu erbaute Dorf Schulenberg weit oberhalb der Wasserlinie eine verbesserte Lebensqualität verschaffte, wie einer von ihnen erklärt. Denn tief unten im Tal, im alten Ort, war es dunkel. Tageslicht drang kaum über die Bergkuppen zu den Häusern hinab.

Dennoch – der Anblick auf die freigelegten Überreste des Dorfes schmerzte sehr, und der eine oder andere der alten Bewohner

nahm sich vor, auf den Spuren der Vergangenheit zu wandeln und sein früheres Elternhaus zu besuchen, sofern es weiter fallendes Wasser zuließ.
Längst haben Regen und Schneeschmelze das alte Schulenberg erneut im Wasser verschwinden lassen und niemand kann sagen, ob es ein weiteres Mal aus den Fluten des Okerstausees auftauchen wird. Eins jedoch ist sicher: Niemals wird im Okerstausee von einem Kirchturm ein Glockenläuten zu hören sein – außer vielleicht in alten Geschichten, die sich die Einwohner des neuen Schulenbergs oberhalb des Stausees in sturmumtosten Nächten am heimischen Kaminfeuer erzählen.

Die Südharz-Morde

Ein besonders dunkles und grausames Kapitel Harzer Geschichte ereignete sich in den Jahren 1991 und 1994 rund um die Kurstadt Bad Sachsa. Drei Rentner wurden ermordet. Bis heute sind diese Taten, die als Südharz-Morde schreckliche Bekanntheit erlangten, ungeklärt. Weder akribische Polizeiarbeit, noch ein Beitrag in der seinerzeit von Eduard „Ede" Zimmermann moderierten Sendung „Aktenzeichen XY ungelöst" führten dazu, dass der Täter gefasst werden konnte.
Alles begann am 20. Juni 1991. Der 66-jährige Werner Bierwisch befindet sich mit seinem Auto auf der Straße zwischen Walkenried und Wieda, als er auf einem Waldparkplatz anhält und ein Stück ins Gebüsch geht, um auszutreten. Bei der Rückkehr zum Auto begegnet er seinem Mörder, der ihm plötzlich mit einer Pistole gegenübersteht und aus nächster Nähe auf ihn schießt.

In Kopf, Rücken und Oberschenkel getroffen, schleppt sich der schwerverletzte Werner Bierwisch zurück zur Straße, wo er, dem Tode nah, liegen bleibt. Eine Autofahrerin findet ihn schließlich und alarmiert die Rettungsdienste. Umgehend wird er ins Klinikum in Göttingen transportiert. Doch alle Bemühungen, den Mann am Leben zu erhalten, scheitern. Am späten Nachmittag erliegt der Rentner seinen schweren Verletzungen.

Der zweite Mord geschieht nur wenige Monate später, am 16. September 1991. Dieter Dohle, ein Rentner aus Neuhof, befindet sich allein auf einer Wanderung und legt auf einer Wiese bei Klettenberg eine Rast ein. Völlig arglos wird er vom Täter überrascht, der ihn erschießt. Darüber hinaus malträtiert der Mörder sein Opfer und trennt ihm mit einer schwertähnlichen Waffe den Kopf vom Hals. Wie beim ersten Opfer, Werner Bierwisch, findet man am Tatort Patronenhülsen vom Kaliber 7,65, die zur selben Waffe gehören, einer Pistole Ceska oder Brünner M27. Damit ist klar, dass für beide Morde ein und derselbe Täter infrage kommt.

Drei Jahre später ereignet sich der dritte Mord. Am 7. Januar 1994 verlässt der 82-jährige Ludwig Schinkel sein Haus in Steina, das er mit seinen Kindern und Enkelkindern bewohnt. Über einen ortsbekannten Waldweg begibt er sich auf den etwa einstündigen Fußmarsch nach Bad Sachsa, um den Frisör aufzusuchen und Einkäufe zu erledigen. In der Kurstadt begegnet er seinem Nachbarn, vermutlich die Person, die Schinkel am Tattag gegen 16 Uhr zuletzt lebend gesehen hat. Auf dem Rückweg nach Steina muss Schinkel mit seinem Mörder zusammengetroffen und von ihm überrascht worden sein.

Zwei Tage lang bleibt der Rentner verschwunden. Am 9. Januar 1994 schließlich findet ein Suchtrupp der Feuerwehr im Wald die Leiche des Mannes. Auch Schinkel wurde vom Täter geköpft. Der Kopf des Opfers wurde jedoch nicht gefunden und die Ursache des Mordes blieb daher weitgehend ungeklärt. So war von Schusswaffengebrauch in diesem Fall nicht die Rede. Mehrere entwendete Gegenstände, eine Herrenarmbanduhr, ein Spazierstock und ein Schlüsselbund, brachten die Beamten der Kriminalpolizei nicht weiter.

Trotz gewisser Unterschiede im Vorgehen des Mörders und der großen Zeitspanne zwischen den beiden ersten und dem dritten Mord ging die Polizei bei ihren Ermittlungen von ein und demselben Täter aus, möglicherweise einem Serientäter, der die Morde mit beängstigender Grausamkeit verübt hatte. Ebenso waren die Kriminalisten überzeugt, dass der Täter sich im südlichen Harzgebiet auskannte, vielleicht sogar in der Region lebte.

Bis heute geben die ungelösten Mordfälle Rätsel auf. Weder gab es ein Motiv, noch irgendwelche Verbindungen zwischen den Opfern. Es handelte sich allem Anschein nach um ein vollkommen wahlloses Morden eines möglicherweise geistesgestörten Täters. Werner Bierwisch, das erste Opfer, soll mit seinen letzten Worten gesagt haben, dass es ein Verrückter gewesen sein musste, der auf ihn geschossen habe. Er habe doch nur austreten wollen.

Kurzfristig stellte sich den Beamten der ermittelnden Sonderkommission die Frage, ob sie es bei dem Täter vielleicht mit dem als Torso-Mörder bekannten Olaf Weinert zu tun hatten, da es mehrere Auffälligkeiten und Parallelen gab. So hatte Weinert selbst in der Südharz-Gegend gewohnt und die Örtlichkeiten gekannt. Doch der Nachweis, dass Weinert die Morde verübt hatte, konnte nie erbracht werden. Weinert selbst hatte hartnäckig dazu geschwiegen.

Bei aller Grausamkeit der Morde, die vermutlich jedem unbeteiligten Zeitungsleser, Fernsehzuschauer oder Radiohörer das Blut in den Adern hat gefrieren lassen, bekommt das Ganze eine besondere Dimension, wenn jemand eine persönliche Beziehung zu einem der Getöteten hat. So waren einige meiner alten Kollegen vom Katasteramt, wie Horst und Kalle, tief erschüttert, als sie das Unfassbare hörten: Dieter Dohle war ermordet worden! Warum ausgerechnet ein Mann wie er? Welche Gründe mochte es gegeben haben, ihn umzubringen, fragten sie sich. Auf freiem Feld, auf derart bestialische Weise? Ein Raubmord konnte es nicht gewesen sein, da waren sich die Kollegen ganz sicher, denn der Mann besaß ihres Wissens nichts Wertvolles, das er bei sich hätte tragen und das man ihm hätte nehmen können. Und sonst? Hatte er sich jemanden zum Feind gemacht? Ausgerechnet dieser friedfertige Mensch? Gab es zwischen ihm und seinem Mörder eine offene Rechnung, die es zu begleichen galt?

All das beschäftigte die Osteroder Kollegen und sie kamen schnell zu dem Schluss, dass es nicht einen einzigen Anlass gab, einen Mann wie Dieter Dohle umzubringen. Zu gern erinnerten sie sich an diesen harmlosen, freundlichen Menschen, der allein in seinem Haus in Neuhof lebte, verlassen von seiner Frau und etwas zu sehr dem Alkohol zugetan. Aber daraus ein Motiv für den Mord an ihm abzuleiten, das wäre ihnen nie in den Sinn gekommen. Im Gegenteil, sie kannten ihn als jemand, der ein herzliches Verhältnis zu seinen Mitmenschen pflegte, sofern das erwidert wurde.

Besonders Horst erinnerte sich gern daran, dass Dieter Dohle ihnen jedes Mal freudig entgegenkam, wenn er sie irgendwo im Ort arbeiten sah. Anders als andere Zeitgenossen, die Vermesser und ihre manchmal monatelange Anwesenheit mit Argwohn betrachteten, kam Dieter Dohle stets auf ein kleines Schwätzchen herüber und nicht selten folgte der Begrüßung eine Einladung zu einer Flasche Bier. Die Kollegen durften sein Haus und seine Wohnung kennenlernen und natürlich seine Enten, die er mit großer Sorgfalt hütete. Einige Anekdoten über ihn und unsere Begegnungen gibt es bis heute. Etwa diejenige, die Dohle als fachkundigen Naturliebhaber auswies, wenn es um die Bestimmung von Baumarten ging und er sich gegenüber Horst mit seiner Meinung durchsetzte. „Esche oder Erle?" Wie oft hatten sie sich das, einem Schlachtruf gleich, zugerufen, wenn sie aufeinandertrafen.

Dohles Enten gaben mehrfach Anlass zum Schmunzeln, lebte er ständig in der Angst, sie an die damals noch existierende DDR zu verlieren. Hinter seinem Haus nämlich floss das kleine Flüsschen Uffe vorbei in Richtung Thüringen. Und seine Enten tummelten sich gern auf dem Wasser. Nicht selten unternahmen sie Ausflüge flussabwärts in Richtung der innerdeutschen Grenze unweit des Ortsrandes von Neuhof. Im Gegensatz zu den Menschen wäre dem Federvieh der ungehinderte Grenzübertritt nicht verwehrt geblieben. Also galt es für Dieter Dohle, sie möglichst vor dem Passieren der Grenzanlagen zur Umkehr zu bewegen.

Bis heute ist die Erinnerung an Dieter Dohle wach geblieben und auch die Frage, was Menschen dazu bewegt, anderen Menschen, scheinbar ohne Grund, Leid anzutun – bis hin zum brutalen Mord.

Harte Währung – das Millionengrab im Berg

Im Harz erinnern viele Hinterlassenschaften an die Nazi-Schreckensherrschaft. So wie die unterirdische Fertigungsanlage mit dem Tarnnamen Malachit, deren Stollen sich über 13 Kilometer unter den Thekenbergen südlich von Halberstadt verzweigten. Tausende von Häftlingen des KZ Langenstein-Zwieberge, einem Außenlager des KZ Buchenwald, wurden unter unmenschlichen Bedingungen eingesetzt, um die Bunkeranlage zu bauen. Die Nazis beabsichtigten in dem Stollen, geschützt vor Bombenangriffen, Flugzeuge und andere Kriegstechnik zu montieren. Doch so weit kam es nicht mehr. Mit dem Ende der Arbeiten an dem weit verzweigten Labyrinth, bei dem mindestens 4000 Häftlinge den Tod fanden, endete der Krieg.

Der später beabsichtigten Sprengung der Stollen- und Bunkeranlagen durch die sowjetischen Truppen fielen 1948 jedoch nur wenige kleine Abschnitte zum Opfer. Obwohl offiziell als zerstört geltend, wurde die Anlage 1976 von der NVA übernommen, auf etwa 40.000 qm Fläche modernisiert und am 1. Mai 1984 als geheimes Depot für Munition, Bekleidung, Lebensmittel und Ausrüstung in Dienst gestellt. Ab da war das Stollengeflecht das Komplexlager 12 mit dem Tarnnamen „Abfahrtssignal“ und der NVA-Postfachnummer 15723.

Dann kam der Fall der innerdeutschen Grenze und mit ihm die Währungsunion. Die DDR-Mark hatte ausgedient und riesige Mengen plötzlich wertlos gewordener Geldscheine mussten vernichtet werden. Das brachte das geheime Komplexlager 12 erneut ins Spiel, aber nicht als Lager für militärische Ausrüstung. NVA Soldaten deponierten stattdessen im Jahr 1990 rund 620 Millionen Banknoten in dem Stollenlabyrinth und mauerten es hinter dicken Stahlbetonwänden ein. In diesem Millionengrab sollte das Geld, versetzt mit Buttersäure und tonnenweise darüber geschüttetem Kies und Sand, allmählich verrotten.

Tatsächlich gerieten die DDR-Millionen und die Stollenanlage nach und nach in Vergessenheit. Die Geldscheine mit den Konterfeis von Thomas Müntzer, Käthe Kollwitz, Friedrich Engels und Karl Marx waren bald nur noch eine schwache Erinnerung. Niemand ahnte zu der Zeit, dass es sich bei dem wertlosen Geld um eine „handfeste" und im wahrsten Sinne des Wortes „harte Währung" handelte. Im Sommer 2001 nämlich tauchten plötzlich Tausende der DDR-Geldscheine wieder auf. Darunter sogar 200- und 500-Mark-Scheine, die in der DDR zwar gedruckt, aber nie in Umlauf gebracht worden waren. Irgendjemand warf diese Scheine in großen Mengen auf den Markt. Merkwürdig, wie war das möglich? Und noch merkwürdiger, dass den Scheinen ein äußerst muffiger Geruch anhaftete.

DDR-Geldscheine und Münzen waren nach der Währungsunion wertlos und wurden im Komplexlager 12 eingemauert.

Die Halberstädter Kriminalpolizei lüftete schließlich das Geheimnis: Weder hatten die DDR-Geldscheine in den Stollen des Komplexlagers 12 ihre letzte Ruhe gefunden, noch war die erwünschte Wirkung von Buttersäure und Kiesbett eingetreten. Die Scheine hatten enorme Widerstandskraft bewiesen und sich nicht aufgelöst. Stattdessen waren Diebe dem geheimen Geldversteck auf die Spur gekommen, hatten sich durch die Lüftungsschächte in die Stollen abgeseilt und das Millionengrab aufgebohrt. Das Geld hatten sie rucksäckeweise aus der Tiefe zurück ans Tageslicht befördert.
Gerd Kugler, damals oberster Sicherheitschef der Kreditanstalt für Wiederaufbau (KfW), der Rechtsnachfolgerin der Staatsbank der DDR, erinnert sich, wie er das aufgebrochene Geldversteck inspizierte und in fünf Metern Höhe ein Loch in der bis zu zwei Meter dicken Stahlbetonwand entdeckte. Für ihn ein klares Zeichen, dass dort Profis eingedrungen waren. „So etwas macht man nicht mit Hammer und Meißel“, lautete sein Fazit.
Zwei der Einbrecher, zwei junge Männer, wurden schließlich im Stollen auf frischer Tat ertappt und zu mehrmonatigen Bewährungsstrafen verurteilt. Zwar stand für Gerd Kugler und sein Team fest, dass angesichts des logistischen Aufwands weitere Personen an dem Einbruch beteiligt gewesen sein mussten, aber die mutmaßlichen Hintermänner wurden nicht gefasst.
Damit war die Geschichte nicht erledigt. Man konnte das Loch in der Mauer nicht einfach wieder schließen und das Geld erneut sich selbst überlassen. Zu groß war die Gefahr, dass sich der bekannte Aufbewahrungsort als ein magischer Anziehungspunkt für Glücksritter und Kriminelle entpuppte. Das alte DDR-Geld musste verschwinden. Und dieses Mal endgültig.
Im Jahr 2002 entschloss sich die KfW zu einer eine Million Euro teuren Entsorgungsaktion. Der Mythos vom vergrabenen

Schatz sollte ein für alle Mal beendet werden. Die Betonwand wurde eingerissen, die Geldscheine von Radladern zusammengeschoben und mittels Trommelsieb vom Sand befreit. Ein riesiger Geldhaufen kam so zusammen – DDR-Geld, das auf diese Weise sogar die D-Mark überlebt hatte, die bereits durch den Euro ersetzt worden war.

Die Geldscheine wurden von April bis Ende Juni 2002 in knapp 300 Containern ins niedersächsische Buschhaus transportiert, um in der Müllverbrennungsanlage vernichtet zu werden. Selbst jetzt stellte die „harte" Währung ihre Unempfindlichkeit erneuet unter Beweis. Wegen ihres enormen Heizwertes mussten die Scheine mit normalem Müll vermischt werden, denn es bestand die Gefahr, dass die Verbrennungsöfen bei der starken Hitze, die sich sonst entwickelt hätte, zu Schaden gekommen wären.

Ende gut, alles gut, möchte man denken, doch weit gefehlt. Zwar war das DDR-Geld für Abenteurer nicht mehr erreichbar, trotzdem übte die Stollenanlage einen dunklen Reiz auf kriminelle Gestalten und Geschäftemacher aus.

So zum Beispiel im Jahr 2006, als fünf Deutsche und ein Niederländer in den düsteren Gewölben unter den Thekenbergen illegal 5000 Tonnen Müll entsorgten. Malachit oder Komplexlager 12 – in jedem Fall ein in jeder Hinsicht düsterer Ort mit magischer Anziehungskraft!

Was geschah mit Studienrat Knoche?

Es gibt Geschichten, deren belegbare Fakten in einem dichten Nebel aus Mutmaßungen und sich widersprechenden Aussagen verschwimmen und als graue Schatten die Zeit überdauern. Sie geraten schließlich in Vergessenheit oder leben als Legenden weiter, es sei denn, jemand kümmert sich ernsthaft um die Hintergründe des Geschehens.

So jemand ist der Leiter des Stadtarchivs in Clausthal-Zellerfeld, Helge Frank. Und er weiß von zwei Ereignissen zu berichten, die voller Widersprüche und Unwägbarkeiten stecken. Grundlage sind die Aufzeichnungen des Journalisten Albert Humm in dessen Buch „Aus längst vergangenen Tagen, Band 1“, die nicht auf eigenem Erleben fußen und zudem sehr knapp gehalten sind. Humm schreibt in seinem Buch über zwei Tage, den 12. und 13. April 1945. Es sind die Tage, in denen die amerikanischen Soldaten Clausthal-Zellerfeld zunächst mit Artilleriefeuer belegen, Häuser in Brand schießen und die Stadt schließlich am 13. April kampflos nach Verhandlungen mit dem Bürgermeister einnehmen.

Wie widersprüchlich und von wenig journalistischer Sorgfalt zeugend die Aufzeichnungen des Albert Humm sind, zeigt sich daran, dass er von drei Feuerwehrmännern berichtet, die nach Einbruch der Dunkelheit auf dem Weg von Clausthal nach Zellerfeld von Amerikanern erschossen wurden. Es hat diese Feuerwehrmänner tatsächlich gegeben, so viel steht fest. Und die schwarzen Uniformen der Männer ähnelten denen der SS-Leute. Auf die Entfernung und in der Dämmerung konnte das durchaus zu Verwechslungen führen. So gesehen wäre es kein Wunder gewesen, hätten die Amerikaner geglaubt, flüchtende SS-Männer vor dem Gewehrlauf zu haben. Doch es waren eben

„nur“ Feuerwehrmänner, die kurz zuvor die vom amerikanischen Artilleriefeuer entfachten Brände zu löschen versucht hatten.
Leider weisen die von Albert Humm verfassten Zeilen zu diesem Ereignis gleich zwei Haken auf. Den ersten verdeutlicht die Erinnerung der Enkelin eines der drei Feuerwehrleute. Die Enkelin bestätigt zwar aus ihrer subjektiven Sichtweise heraus, dass es Amerikaner gewesen seien, die auf die Männer geschossen hätten. Getroffen worden sei aber nur ihr Großvater, der verletzt liegen blieb und verblutete, da ihm niemand zu Hilfe kommen konnte. Zu den beiden anderen Feuerwehrleuten macht sie keine näheren Angaben. Man kann also vermuten, dass sie entkommen waren, vermutlich sogar unverletzt.
Der zweite Haken beruht auf der Aussage, dass es Amerikaner gewesen seien, die am 12. April 1945 auf die Feuerwehrleute geschossen hätten. An dem Tag also, als eben jene Amerikaner vor der Stadt standen und sie mit heftigem Artilleriefeuer belegten. Ist es wirklich denkbar, dass ein amerikanischer Kommandant seine Leute damals in eine kurz vor dem Fall stehende feindliche Stadt geschickt hat, um sie dort dem Risiko auszusetzen, von den eigenen Granaten getroffen und getötet zu werden? Könnte es nicht genauso gut gewesen sein, dass jemand aus den Reihen der Einwohner oder der Verteidiger auf die Feuerwehrmänner geschossen hatte, möglicherweise, weil man in ihnen in der unübersichtlichen Lage desertierende SS-Kameraden erkannt haben wollte? Wie auch immer man die Ereignisse bewerten mag, deutlich wird, wie kritisch man im Umgang mit den vorliegenden Quellen sein muss.
Vor dem Hintergrund des undurchsichtigen Schicksals dieser drei Feuerwehrleute hat sich an jenem Tag vor dem Einmarsch der Amerikaner ein weiteres Drama abgespielt, das später nur in ein paar kurzen Sätzen, wie denen des Albert Humm, Erwäh-

Der Tatort in der Adolf-Römer-Straße in Clausthal.

nung fand. Die Gründe dafür liegen, wie die Umstände, die zu dem schrecklichen Ereignis führten, bis heute weitgehend im Dunkel und öffnen Spekulationen Tür und Tor.

Zunächst aber zur Vorgeschichte: Als der Zweite Weltkrieg in den letzten Zügen liegt, kommen recht viele Leute aus Hannover, Braunschweig und anderen Städten in den Harz und auch nach Clausthal-Zellerfeld, entweder, weil sie bereits ausgebombt gewesen sind oder vor den zu erwartenden Bombenangriffen auf der Flucht waren. Meist waren es Personen, die in der Harzregion Verwandte hatten oder in irgendeiner Form Kontakt herstellen konnten, Leute, die es sich leisten konnten, an vermeintlich sicheren Orten unterzuschlüpfen. Diese Menschen hofften, im Harz eine halbwegs sichere Bleibe zu finden, glaubten, dass die Gegend von Kriegshandlungen und vor allen Dingen von Flächenbombardements verschont bleiben würde. Damit lagen sie richtig, auch wenn es bei Clausthal das Muniti-

onswerk Tanne gab, das bis in die heutige Zeit hinein seine giftigen Spuren hinterlässt, jedoch im Krieg nie bombardiert wurde. Zu denjenigen, die in den Tagen, als die deutschen Städte mit Bombenteppichen belegt wurden, nach Clausthal-Zellerfeld kamen, gehörte Studienrat Knoche von der Bismarckschule, einem humanistischen Gymnasium in Hannover, mit seinen Schülern. Die Jungen in der Begleitung des Studienrats waren im Alter von etwa 12 bis 14 Jahren. Die älteren Jahrgänge blieben als Flakhelfer in Hannover zurück. Unter diesen Jungen, die 1944 mit ihrem Deutschlehrer nach Clausthal kamen, war Willi Müller, der sich sehr gut an seine damaligen Erlebnisse erinnert. So versuchte Studienrat Knoche, die Jungen auf den „Endkampf" vorzubereiten. Dafür marschierte er mit ihnen zu der „Marie-Hedwig", einer Erhebung am Südrand der Stadt zwischen Osteröder Straße und Mühlenstraße, um paramilitärische Übungen abzuhalten. In einer Lehmgrube mussten die Jungen Verteidigungskämpfe mit Panzerfäusten simulieren. Willi Müller hatte bereits zwei oder drei Übungen hinter sich und wusste, was ihn erwartete.
Am 9. oder 10. April 1945 seien sie wieder auf dem Weg zu solch einer Übung gewesen, erinnert sich Müller. Aber noch bevor sie ihr Ziel erreichten, stellten sich ihnen dieses Mal mehrere Frauen entgegen, die das Treiben des Studienrats nicht länger zulassen wollten. Mutig und mit den Worten, Clausthal sei eine Lazarettstadt, eine offene Stadt, die nicht verteidigt werde, trennten sie den Lehrer von der Gruppe. Die Schüler kehrten daraufhin nach Hause zurück. Willi Müller weiß noch genau, wie froh er war, die Übung nicht mitmachen zu müssen.
Was nur mochte den Studienrat dazu bewogen haben, das Leben junger Menschen, die sich in seiner Obhut befanden, in einen sinnlosen „Endkampf" werfen zu wollen, sie sehenden

Auges dem Tod preiszugeben? War es die Tatsache, dass er selber nicht auf dem Schlachtfeld gestanden hatte, vielleicht, weil er als Invalide oder aus anderen Gründen untauglich war? Oder war er zu alt gewesen und dem Volkssturm zugeordnet? Vielleicht hatte er schon im Ersten Weltkrieg gekämpft und trug Rachegelüste in sich, wollte auf seine Weise dazu beitragen, die Schmach des verlorenen Krieges zu tilgen. Man kann wohl getrost davon ausgehen, dass Studienrat Knoche ein fanatischer Nationalsozialist war. Was darüber hinaus die Motive des Lehrers gewesen sein mochten, seine Jungen den tödlichen gegnerischen Waffen aussetzen zu wollen, bleibt im Dunkel.
Seine Absichten als solche waren allgemein bekannt. Damit hatte er in der Clausthaler Bevölkerung nicht hinter dem Berg gehalten. Man wusste, was der Mann trieb und beabsichtigte. Sonst hätten sich ihm wohl auch nicht die Frauen in den Weg gestellt und ihn davon abgehalten, seine Jungen für den „Endkampf" zu drillen. Und vermutlich führte dieser Vorfall zu den dramatischen Ereignissen am 12. April 1945, über die die Zeugenaussage eines anderen alten Herrn Aufschluss gibt.
Dieser Augenzeuge, damals ein kleiner Junge, befand sich laut eigener Aussage an jenem Tag ohne bestimmte Absicht auf der Adolf-Römer-Straße, als er eine Menschenbewegung wahrnahm und sah, wie etliche Leute zusammenliefen. Die plötzliche Ansammlung machte ihn neugierig und er lief ebenfalls dort hin, wo sich der Pulk bildete, um zu sehen, was passiert war. Für die zustimmenden Äußerungen der Umstehenden zeigte er kein Interesse. Als er sich durch die Menschen gedrängt hatte, sah er einen Mann tot vor einem der beiden Frisörläden liegen, die sich in relativer Nachbarschaft befanden. Der Augenzeuge konnte sich nicht mehr erinnern, vor welchem der beiden Läden der Tote lag. Insgesamt hatte er nur sehr wenige Einzelheiten im Gedächtnis

behalten. Zum Beispiel die, dass der Frisör, der in der Nähe der Leiche vor seinem Laden stand, ein älterer Herr war. Die beiden Frisöre waren am Kriegsende Anfang sechzig und Mitte vierzig Jahre alt, aus der Sicht eines kleinen Jungen beides ältere Herren. Insofern wird man aus der Aussage des Jungen nicht ableiten können, vor wessen Tür der Tote gelegen hatte. Darüber hinaus konnte der Augenzeuge nichts zur Klärung des Falles beisteuern, hatte er sich damals den Toten doch nur kurz angeschaut und war dann nach Hause gelaufen, um seinen Eltern davon zu berichten. Danach hatte er das Haus nicht mehr verlassen dürfen.

Der Tote vor dem Frisörladen, das ist zweifelsfrei überliefert, war Studienrat Knoche. Er wurde erschlagen. Wie die zustimmenden Äußerungen zu der Tat, die aus dem Menschenpulk gekommen waren, zu werten sind, bleibt weitgehend offen. Vielleicht brachten die Anwesenden zum Ausdruck, dass Knoche ein schlechter Mensch gewesen war, der seine gerechte Strafe erhalten hatte. Vielleicht freuten sie sich über seinen Tod, weil sie wussten, er wollte sinnlosen Widerstand leisten und damit seine Schüler in Gefahr bringen, möglicherweise sogar die ganze Stadt.

Gänzlich im Dunkeln bleibt, wie es zu der Tat kommen konnte. War er Kunde bei einem der beiden Frisöre gewesen, hatte womöglich auf dem Barbierstuhl mit seinen Reden vom Widerstand bis zum letzten Blutstropfen den Zorn des Ladeninhabers herausgefordert und ihn damit zu der Mordtat getrieben? War es überhaupt der Frisör gewesen, der den Studienrat erschlagen hatte oder hatte sich vielleicht jemand aus der Menschenmenge der Tat schuldig gemacht? Und auf welche Weise war das überhaupt geschehen? Hatte jemand den Mann mit bloßen Händen umgebracht, gar erschlagen? Fast undenkbar. Aber was sollte die Mordwaffe gewesen sein? Ein Metallgegenstand aus dem Frisörladen?

Auch Willi Müller erfuhr von dem Tod seines Lehrers. Er wie seine Mitschüler mussten sich täglich beim Schulrektor Schöller melden, selbst wenn gar kein Unterricht stattfand. Bei dieser Meldung, zwei Tage nach der Begegnung mit den Frauen, erfuhr Müller, dass Knoche tot ist. Und es war das Gerücht im Umlauf, man habe ihn „gesteinigt“. Tatsächlich nur ein Gerücht, denn am Tatort gab es keine Steine.

Allem Anschein nach wurde der Fall Knoche niemals untersucht, zumindest sind keine Akten der damals zuständigen Staatsanwaltschaft überliefert. Warum? Bestand seinerzeit kein Interesse oder, was wahrscheinlicher scheint, keine Möglichkeit, im Todesfall des Studienrats zu ermitteln? Hatten sich die wesentlichen und zuständigen Amtsträger angesichts des drohenden Einmarsches der Amerikaner abgesetzt? Dann wäre es der richtige Zeitpunkt für solch eine Mordtat gewesen, ohne eine Strafverfolgung befürchten zu müssen. War das dem Täter oder den Tätern bewusst gewesen? Vermutlich nicht.

Aber es bleiben weitere Fragen. Zum Beispiel die, wer dieser Studienrat Knoche eigentlich war. Hatte er Familie? Kinder? Verheiratet soll er gewesen sein. Zumindest ist im Artikel von Albert Humm von seiner Witwe die Rede. Aber hat die Witwe überhaupt davon erfahren, wann und wie ihr Mann starb? Wusste sie, dass man ihn erschlagen hatte? Und wenn, wie hat sie es aufgefasst?

Was war überhaupt mit der Leiche geschehen? Niemand weiß genau, wo sie geblieben ist. Hatte sie jemand ohne Aufsehen zu erregen weggeschafft? Gab es eine ordentliche Bestattung mit Pfarrer? Wurde Knoche einfach irgendwo in einer Grube verscharrt? Immerhin weiß Willi Müller noch, dass er später am Rande des Neuen Friedhofs in Clausthal die Grabstätte von Knoche fand – zumindest einen Namensstein, auf dem Feld, das mit gefallenen Soldaten belegt war. Wie auf den anderen Steinen, war auch auf Knoches Stein vermerkt, er sei 1945 „gefallen“, etwas das den tatsächlichen Vorfällen widersprach. Somit ist dieser „Gedenkstein“ ebenfalls kein eindeutiger Hinweis auf den Verbleib von Koches Leiche.

Vielleicht findet sich irgendwann auf all diese Fragen eine Antwort, im Gegensatz zu der letzten Frage, die wohl keine allgemeingültige Antwort finden wird, so lange die Menschheit existiert: Es ist die immerwährende Frage nach der Schuld.

Ein Mord ist damals, am 12. April 1945 geschehen. Ein Studienrat wurde erschlagen. Hat der Mörder richtig gehandelt, indem er Knoche tötete und dadurch jungen Männern vermutlich das Leben gerettet hat? War es eine Tat, die Respekt verdient oder verurteilt werden muss? Wann ist es gerechtfertigt, einen Menschen zu töten? Ist es überhaupt gerechtfertigt? Wem oder was dient solch ein „Tyrannenmord“? Die spontane Empfindung vermittelt vielleicht ein Gerechtigkeitsgefühl, das sich über das Recht erhebt, zumal dem Recht eines Unrechtsregimes. Aber vielleicht dient so ein Mord nur dem Selbstschutz, ist keinesfalls eine legitimierte Notwehr. Ob die Ermordung Cäsars, ob das versuchte Attentat auf Hitler – so ehrenvoll die Absichten waren, sind und sein werden, solche Taten verstoßen im Grunde gegen göttliches und menschliches Recht und scheinen dennoch gerecht. Seit der Antike ist es heiß umstritten, ob ein Meuchelmord erlaubt ist, weil das Opfer ein Tyrann ist und man dessen Taten nicht gutheißt, etwa, weil sie gegen jegliche Menschlichkeit verstoßen.

Auch im Fall des Studienrats Knoche wird es keine allgemeingültige Antwort auf die Frage geben, ob derjenige, der für den Tod des Aufwieglers und Kriegstreibers verantwortlich war, etwas (Ge)rechtes getan hat.

Es ist und bleibt ein ethisches Dilemma.

Im Minenfeld

Eine weitere Geschichte, die, wie so viele, vom Schrecken der mörderischen DDR-Grenze im Harz und den umliegenden Regionen erzählt, beruht auf den Erinnerungen des Gastwirts Paul Moneke und auf einem Bericht des Bundesgrenzschutzes.

Es war der 14. Dezember 1971, als sich Paul Moneke am frühen Abend auf der Rückfahrt von Fuhrbach nach Brochthausen befand, beides Eichsfeld-Orte in Südniedersachsen, unweit des südlichen Harzrandes gelegen. Gerade hatte der Gastwirt den Ortseingang von Brochthausen erreicht, da hörte er eine Explosion. Ihm war sofort klar, was das bedeutete, denn die Detonation kam aus Richtung der nahen DDR-Grenze. Ein Flüchtling musste auf eine Mine getreten haben. Dann hörte er die Hilferufe!

Von der Explosion aufgeschreckte Bewohner stürzten aus den nahe gelegenen Häusern, darunter zwei Männer, die in Monekes Auto stiegen, um mit ihm zusammen zur Grenze zu fahren. Sie wollten den Flüchtigen helfen, es zumindest versuchen. Ein Stück vor der Grenze mussten sie den Wagen stehen lassen und den Rest des Weges zu Fuß zurücklegen. Fast gleichzeitig mit den furchtlosen Helfern traf ein Beamter des Zollgrenzdienstes der Grenzaufsichtsstelle Fuhrbach am Tatort ein. Einer der Bewohner hatte, wie sich später herausstellte, im Zollkommissariat in Duderstadt angerufen und die Minen-Detonation gemeldet.

Drei der Ersthelfer, neben dem Zollbeamten noch ein Tischler und ein siebzehnjähriger Schüler, liefen auf den ersten Grenzzaun zu. Direkt dahinter befand sich das Minenfeld. Im Licht der Taschenlampe des Zöllners erkannten die Männer drei Personen. Ein kleines Kind, noch ein Baby, und eine offensichtlich

Ehemaliger Wachturm an der innerdeutschen Grenze bei Bartolfelde im Südharz.

schwer verletzte Frau lagen inmitten des Minenfeldes, ein schreiender und, wie es schien, im Gesicht verletzter Mann befand sich etwas zurück am zweiten Begrenzungszaun.

Die Frau wimmerte, flehte die Helfer an, wenigstens ihr Kind zu retten und rief ihnen den Namen ihrer Tochter zu – Heike Jahn. Während Paul Moneke, der Gastwirt, eilig nach Hause fuhr, um ein Seil zu holen, versuchte der Zollbeamte mithilfe seiner Taschenlampe, den durch die Explosion geblendeten Mann zu dessen schwer verletzter Frau zu lotsen. Ein gefährliches Unterfangen im Minenfeld.

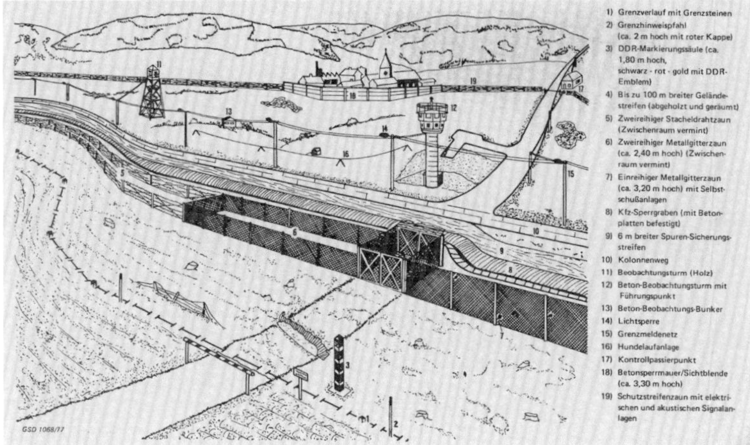

Schematische Darstellung der DDR-Grenzsperranlagen mit Erläuterungen.

Doch es gelang und der Mann schaffte es, seine Frau zum vorderen Zaun zu ziehen, zusammen mit dem einjährigen Kind. Währenddessen waren drei weitere Einwohner aus Brochthausen an der Grenzlinie eingetroffen. Gemeinsam bogen die Männer die Metallgitterplatten dort, wo sie einander überlappten, so weit auseinander, dass der Zollbeamte zusammen mit dem Tischler und dem Schüler hindurchklettern und zu den Flüchtlingen vordringen konnte. Erst jetzt erkannten sie, dass die Minenexplosion der Frau beide Füße abgerissen hatte. Ein schreckliches Bild, das den Schüler derart erschütterte, dass er durch die Zaunöffnung zurückkroch und davonlief. So blieb es den beiden anderen Männern überlassen, das Kleinkind durch die Lücke im Zaun zu reichen. Zusammen mit drei weiteren Helfern brachten sie schließlich den Mann und die schwerverletzte Frau auf das Gebiet der Bundesrepublik. Mittlerweile waren Sanitätsbeamte des Bundesgrenzschutzes eingetroffen. Eilig banden sie der Frau in einer ersten Notfallmaßnahme mit Krawatten die Beine

ab, um sie zur Behandlung in das nächstgelegene Duderstädter Krankenhaus zu fahren. Dorthin brachte einer der Helfer mit seinem PKW auch den Mann und die kleine Tochter.
Die Freude darüber, drei Menschenleben gerettet zu haben, wurde dadurch getrübt, dass der 21-jährigen Jutta Jahn das linke Bein unterhalb und das rechte Bein oberhalb des Knies amputiert werden mussten. Mehr Glück hatten da ihr leichtverletzter Mann Lothar und das unverletzte Baby.
Manch einem der couragierten Helfer wird vermutlich erst später bewusst geworden sein, welch großes Glück sie selbst mit ihrer wagemutigen Rettungsaktion gehabt hatten. Sie waren bereits wieder auf westlicher Seite in Sicherheit, als auf DDR-Seite die ersten Leuchtgeschosse abgegeben wurden. Der Suchscheinwerfer von der Führungsstelle Wolfsberg der Grenztruppen war, aus welchem Grund auch immer, nicht eingeschaltet worden. So bekamen die inzwischen am Minenfeld eingetroffenen DDR-Grenzer an jenem tragischen Abend nur die Wut der zahlreichen Einwohner von Brochthausen zu spüren, die sich versammelt hatten und ihnen gemeinsamen und lautstark ihre Abscheu über die unmenschlichen Grenzsperren entgegenschrien.

Das Schwein, das nachts in den Keller fiel

Längst gehören sie in das Schatzkästchen der Erinnerungen – die traditionellen Hausschlachtungen, die in den Nachkriegsjahren Hochkonjunktur hatten. Auf den Dörfern im und um den Harz herum war es, wie in allen anderen Regionen Deutschlands, gang und gäbe, dass Familien ein Schwein mästeten, das im Winter geschlachtet wurde und dessen Fleisch und Wurst für

ein Jahr die Speisekammern füllte. Oft waren es Handwerker, hauptsächlich Maurer oder Zimmerleute, die in ihren arbeitslosen Wintermonaten von November bis März in aller Frühe loszogen, um sich als Hausschlachter ein Zubrot zu verdienen.
Heute wird die traditionelle Hauschlachtung fast nirgendwo mehr praktiziert, nicht zuletzt wegen der strengen Auflagen, die sowohl für die Haushalte als auch für die Hausschlachter gelten und das Halten und Schlachten des eigenen Schweines erschweren. Was bleibt, sind die Geschichten, die sich um die winterlichen Hausschlachtetage ranken und von manch aufregendem Erlebnis zu erzählen wissen.
An eins dieser Erlebnisse erinnert sich auch Horst Schneemann, der damals in den Nachkriegsjahren in einem Dorf bei Mansfeld am südöstlichen Harzrand lebte. In der Familie Horst Schneemanns war es Brauch, einmal im Jahr ein Schwein zu schlachten. Schon die Vorbereitung eines solchen Schlachtfestes in den 1950er-Jahren, zumal in der DDR, war mit einigem Aufwand verbunden und war nicht ohne Risiko. Allein das Einkaufen von Einweckringen erforderte, wie Horst Schneemann weiß, oft mehrere Fahrten mit dem Bus in die Kreisstadt. Die Formulierung für den Einkaufswunsch musste gewissen Regeln folgen. So ging es nicht, einfach zu sagen: „Ich hätte gern hundert Einweckringe.“ Das konnte zu Irritationen führen. Korrekt musste es heißen: „Hamm Se Eingochjummis?“ Bei einem Nein kaufte man etwas von dem, was gerade auf Lager war – Schnürsenkel, Druckknöpfe – egal. Gab es die Gummis tatsächlich, dann nur selten in ausreichender Zahl. Also nahm man zehn oder zwanzig Stück, je nachdem, wie viele man ergattern konnte, und versuchte es in einer Woche erneut.
Der schwierigste Teil der Schlachtvorbereitungen kam erst noch. Zum Schlachten gehören Gewürze. Salz war kaum ein Problem, das gab es auf Lebensmittelmarken. Kräuter wurden

im Schrebergarten gezogen. Also hatte man Majoran, Rosmarin, Zwiebeln und mehr zur Hand. Aber Pfeffer! Um an Pfeffer zu gelangen, musste man einige Anstrengungen auf sich nehmen. Für ein halbes Pfund Pfeffer fuhr man mit der Reichsbahn früh am Morgen nach Westberlin und mit dem nötigen Glück kam man spätabends wieder zu Hause an.

Man konnte auch Pech haben, wurde ertappt und es wurde einem der Personalausweis entzogen. Dann war man ein Schmuggler. Man wurde eine Nacht festgehalten und bekam einen provisorischen Ausweis ausgestellt. Den Personalausweis konnte man sich erst Tage später beim Dorfpolizisten abholen. Den geschmuggelten Pfeffer allerdings erhielt man nicht zurück und das Geld, das man dafür hingeblättert hatte, war natürlich weg. Dumm gelaufen, konnte man da nur sagen.

Neben den bereits erwähnten Utensilien und Zutaten mussten für eine ordentliche Hausschlachtung etliche andere Hilfsmittel und Gerätschaften organisiert werden. Und nicht zuletzt musste man einen amtlich bestellten Fleischbeschauer anfordern, der die Trichinenfreiheit mit einem Stempel auf der Schwarte des Schweines bestätigte – dies natürlich nur, wenn es sich um eine legale Hausschlachtung handelte.

Aber mit der Legalität der Schlachtungen war das in jener Zeit so eine Sache. Nicht immer ging da alles mit rechten Dingen zu, wie sich Horst Schneemann erinnert. Und das hatte folgenden Grund: In der Nachkriegszeit wurden die begehrten Lebensmittelmarken ausgegeben. Im Wissen um die Hausschlachtungen und um die Ernährungssituation einschätzen zu können, wurden in regelmäßigen Abständen vorher angekündigte Viehzählungen durchgeführt und geplante Schlachtungen waren anzumelden. So waren die zuständigen Stellen in der Lage, die Anzahl der registrierten Hausschweine mit der Zahl der Hausschlachtungen abzugleichen. Die Familien, die eine Schlachtung angemeldet hatten, erhielten als Selbstversorger in der Folge für einen begrenzten Zeitraum keine Lebensmittelmarken für Fleisch und Fett, wobei dieser Zeitraum sich, je nach Anzahl der Familienmitglieder auf mehrere Monate erstrecken konnte. Allerdings erhielten diejenigen ihre Marken weiter, die das zuständige Amt über die Zahl ihrer Tiere im Dunkeln ließen und ihre Schweine schwarz schlachteten.

Zu den Schweinehaltern, die kein Interesse daran hatten, ihre Tiere zählen zu lassen, gehörte der Großvater von Horst Schneemann, der eines Abends aus dem Nachbardorf herüberkam. Der Opa berichtete, dass in seinem Dorf eine Viehzählung ins Haus stand. Er wusste das vom Gemeindediener, der von allen nur Männe genannt wurde. Zur Männes Aufgaben gehörte es, mit der Handglocke durchs Dorf zu ziehen und die amtlichen Bekanntmachungen zu verlesen. Das tat Männe gewissenhaft und meist sogar in nüchternem Zustand. An jenem Abend allerdings hatte der Gemeindediener nicht mehr alle sieben Sinne beisammen und sich in der Wirtschaft „Zur Erholung" verplappert. Ungewollt hatte er die überraschend für den nächsten Tag angesetzte Viehzählung in den Kneipendunst hinausposaunt.

Eine Zählung, und so kurzfristig, das war schlecht, denn Opa hatte einen schwarzen Läufer, der auf gar keinen Fall mitgezählt werden sollte. Aber dank Männes verfrühter „Bekanntmachung" blieb gerade noch genug Zeit, um zu handeln. Es galt, das Tier zu verstecken und sowohl der Großvater als auch der Vater machten sich umgehend auf den Weg ins Nachbardorf, um das Schwein aus Opas Stall herauszuholen und aus der Gefahrenzone zu schaffen. Sie beschlossen, das Tier in Vater Schneemanns Obhut zu geben. Bei ihm zu Hause sollte es, gemeinsam mit dem Familienschwein, die Zeit bis nach der Zählung verbringen.

Szene einer traditionelle Hausschlachtung.

Die Umsiedlung in das Dorf, aus dem sie gerade erst gekommen waren, gestaltete sich für die beiden Männer etwas schwierig, musste der Läufer doch in einen Sack gesteckt werden, was nicht ohne Komplikationen abging. Schließlich aber gelang es ihnen, das Tier einzusacken. In einem Handwagen wurde die zappelige Fracht zurückgekarrt. Als die Männer zu Hause ankamen und den Läufer aus dem Sack holten, entwischte er ihnen und steuerte im Schweinsgalopp auf die offene Tür und den Hausflur zu. Der Fußboden des Flures jedoch war mit glatten Fliesen ausgelegt ... Es kam, wie es kommen musste, das Schwein rutschte auf den Fliesen aus und schlitterte der Kellertür entgegen. Und natürlich stand ausgerechnet diese Tür offen. Zack! – war das Schwein im dunklen Kellerloch verschwunden. Der Sturz die Kellertreppe hinunter bekam dem armen Läufer gar nicht gut. Er verletzte sich und quiekte laut vor Schmerzen. Lärm war das Letzte, was die Männer jetzt gebrauchen konnte. Was, wenn Nachbarn und zufällig vorbeigehende Passanten vom Quieken aufgeschreckt und angelockt wurden? Immerhin war es mitten in der Nacht! Sollte die Geheimaktion zu guter Letzt etwa auffliegen? Das durfte nicht sein! Zum Glück hatte Opa eine brillante Idee: Um das Schwein zu beruhigen, flößte er ihm gut eine halbe Flasche Schlachtschnaps ein. Mit Erfolg. Der Läufer wurde tatsächlich ruhiger und die größte Gefahr war erst einmal gebannt.

An dem Leiden des Schweines und an der Notwendigkeit, es sofort schlachten zu müssen, um es von seinen Qualen zu befreien, änderte aber auch der Schnaps nichts. Wirklich schade, denn viel dran war an dem armen Läufer nicht. Er hätte noch eine Weile gebraucht, um richtig Fett anzusetzen. Doch dazu würde es leider nicht mehr kommen. Der Dorfschlachter musste her und zwar sofort. Tatsächlich schaffte es Horst Schneemanns Bruder, den Mann binnen kürzester Zeit mitsamt seinem Schlachtgeschirr herbeizuschaffen. Die etwas improvisierte Schlachtung ging in aller Eile über die Bühne. Auf das sonst übliche ausgedehnte Procedere eines zünftigen Schlachtfestes verzichtete der kleine Geheimbund verständlicherweise. Sehr bedauerlich für den Schlachter, denn der musste nach getaner Arbeit und ohne die gewohnte Schnapsration intus zu haben, den Heimweg antreten.

Was der Familie von Horst Schneemann zu tun blieb, spielte sich ebenso im Geheimen ab, wie die Schlachtung selbst. Ein konspiratives Treiben setzte ein, Schinken und Speckseiten wanderten zum Räuchern an versteckte Orte, Wurstsuppe und ähnlich begehrte tierische Überbleibsel gelangten in die Küchen ebenso vertrauenswürdiger wie verschwiegener Nachbarn. Nachdem sämtliche Spuren der nächtlichen Schlachtaktion beseitigt waren, wandte sich die Familie dem gewohnten Alltagsleben zu und es konnte Gras über die Sache wachsen.

Als im Frühjahr zur Fliederblüte schließlich zum ersten Mal der Kuckuck zu hören war, schnitt der Vater von Horst Schneemann den Schinken an. So musste es sein, denn so war es Brauch in Mansfeld. Woher der Schinken kam, danach fragte niemand.

Osteroder Nachtleben

Wenn in den 70er-Jahren jemand im südwestlichen Harzrandgebiet auf der Suche nach Spaß und Unterhaltung zu nachtschlafender Zeit war, so führte sein Weg an zwei Institutionen nicht vorbei. Wollte man essen und trinken und danach zu den aktuellen Diskotheken-Hits abtanzen, steuerte man die Gaststätte „Zum Schwarzen Bären“ mit seiner legendären RTC-Diskothek in der Osteroder Ortschaft Förste an. Sollte es eher das körperliche Vergnügen im Verborgenen, gepaart mit einem Drink an der Bar sein, war das Etablissement „Rotes Herz“ am Kaiserteich in Osterode das geeignete Ziel. Besonders die in Osterode stationierten Soldaten machten nach Dienstschluss gern einen Abstecher in das nahe gelegene Freudenhaus.

Beide Einrichtungen genossen einen überregional guten Ruf, hatten aber nicht mehr miteinander gemein, als dass es eine gewisse Besucher-Schnittmenge gab, bestehend aus denjenigen Gästen, die das Sowohl-als-auch-Vergnügen suchten. Diese „Crossover-Vergnügungssüchtigen“ waren für gewöhnlich nur einem sehr begrenzten Personenkreis bekannt. Einmal jedoch kam es zu einer recht außergewöhnlichen Verbindung zwischen beiden Einrichtungen, einer Art Fusion, über die noch lange Zeit hinter vorgehaltener Hand schmunzelnd berichtet wurde. Vorausschickend sei gesagt, dass in jenen Jahren in

Förste eine Rock-'n'-Roll-Band ihr musikalisches Unwesen trieb und sich weit über die Dorfgrenzen hinaus, nicht zuletzt wegen ihres Namens, eines gewissen Bekanntheitsgrades rühmen durfte. „Pigs on the Farm“ nannte sich die Band, die auf einem Bauernhof in einem Raum über den Schweineställen ihre Übungsstunden abhielt. Da der Bauernhof und das Gasthaus nur wenige Meter auseinanderlagen, ergab es sich fast zwangsläufig, dass die Übungsabende der Band und auch nahezu alle anderen Abende ihren Abschluss in der Gaststube des Schwarzen Bären fanden.
Darüber hinaus war die Gaststätte Ausgangspunkt verschiedenster Aktivitäten, nicht selten beflügelt durch die Wirkung der zahlreichen alkoholischen Getränke. So gab es seitens der Bandmitglieder und ihres engen und erweiterten Freundeskreises im Sommer regelmäßig nächtliche Ausflüge an die Badeteiche rings um Clausthal-Zellerfeld, um dem gemeinsamen Nacktbaden zu frönen. Oder die Band zog mit einer rudimentären Instrumentenausstattung los, um im Dorf irgendeinem Geburtstagskind – meist aus den Reihen der Dorfprominenz – ein Überraschungsständchen zu bringen. Das sorgte einerseits für frenetischen Jubel der begeisterten Gästeschar und, der Band mindestens ebenso willkommen, für kostenloses Essen und Trinken. Ganz zu schweigen von der Publicity für die Musiker, die diese unangemeldeten Konzerte einbrachte.
Natürlich blieb es nicht allein bei dem genannten musikalischen Kleinkram. Neben offiziellen Auftritten an unterschiedlichen Orten spielten „Pigs on the Farm“ einige Konzerte zu Hause, im RTC, dem im Harz weit bekannten Musiktempel über der Gaststätte. Mindestens eins dieser Heimspiele sorgte für tumultartige Begeisterungsstürme und am Ende blieb, wie man es vom Auftritt einer Rock-'n'-Roll-Band erwarten durfte, ein wahres Schlachtfeld

Schweißtreibender Auftritt der Band „Pigs on the Farm“ in der Förster RTC-Diskothek im Oktober 2002.

zurück. Kein Wunder, dass dieses Konzert einen weiteren dicken Eintrag auf dem Publicity-Habenkonto der Gruppe bedeutete.

Im Bewusstsein ihrer regionalen „Berühmtheit“ und dem daraus resultierenden Gefühl, hier und da ungestraft über die Stränge schlagen zu können, entsprang vermutlich die Idee, zu später Stunde zu einem Show-Act der besonderen Art aufzubrechen. Die Gruppe traf sich im Schwarzen Bären, die Stimmung schaukelte sich allmählich hoch und mehr und mehr kreative Ideen für einen würdigen Abschluss des Abends machten die Runde. Irgendwann verschwanden einige „Pigs-on-the-Farm“-Mitglieder mit unbekanntem Ziel. Tags darauf ging das Gerücht um, das von einem Schlagzeuger erzählte, der mitten in der Nacht mit seinem gesamten Equipment und in Begleitung einiger, na ja, nennen wir sie Roadies, im Begegnungsraum des Roten Herzens aufgetaucht war. Dieser Schlagzeuger hatte zielgerichtet die kleine Showbühne angesteuert und dort, wo sonst leicht bekleidete Liebesdienerinnen ihre Ar-

beit verrichteten, ungehindert sein Set aufgebaut. Kurze Zeit später soll dieser Schlagzeuger den zunächst überrascht-überrumpelten und später restlos begeisterten Damen des Hauses eine unvergessliche Solo-Drum-Show geboten haben.
Diese neue Kunst- und (Körper-)Kultur-Partnerschaft ist nie offiziell bestätigt worden und schon gar nicht über die Medien an die Öffentlichkeit gelangt. Die Geschichte blieb im Schatten der alltäglichen Ereignisse verborgen, schaffte es nie über Stammtisch-Erzählungen und private Erinnerungsrunden hinaus und niemand weiß mit Sicherheit, was in jener Nacht hinter den stummen Mauern des Freudentempels am Kaiserteich wirklich passiert ist.

Unter Dampf

Den Wahrheitsgehalt mancher Geschichten darf man durchaus in Zweifel ziehen. Dennoch sind sie es wert, erzählt zu werden. So wie die Anekdote eines Bekannten, der sich im Unterhaltungsgeschäft einen Namen gemacht hat und mittlerweile weit über sechzig Jahre alt ist. Dieser Bekannte, nennen wir ihn Günther, erzählt im Freundeskreis zu fortgeschrittener Stunde gern von einem ganz speziellen Ereignis in den 1970er-Jahren, das er mehr oder weniger selbst mit initiiert hatte.
Zu jener Zeit war der Bahnhof in Herzberg am Harz ein Knotenpunkt im Schienenverkehrsnetz und mit Nahgüterzügen an die Rangierbahnhöfe in Göttingen und Seelze angebunden. Eine wichtige Funktion hatte der Bahnhof aber auch für den grenzüberschreitenden Güterverkehr via Walkenried und Ellrich nach Nordhausen in die DDR. Dafür wurden in Herzberg die Züge zusammengestellt. Das wiederum bedeutete, dass die

Dampflokomotiven mehr oder weniger betriebsbereit auf den Schienen auf ihren Einsatz warteten.
An dieser Stelle nun kommt Günther, oder besser Günthers damaliger Freund ins Spiel. Ich erinnere mich nicht mehr genau, ob dessen Vater als Bahnbeschäftigter über ausreichend Wissen verfügte, das er seinem Sohn weitergegeben hatte, oder ob der junge Mann sich seine Kenntnisse über Betriebsabläufe auf dem Bahnhof und die Funktionsweise der geparkten stählernen Dampfrösser über andere Kanäle angeeignet hatte.
Auf jeden Fall, so Günther, war es Nacht und man kam ohne Probleme an die unter Dampf stehenden Loks heran. Es bedurfte keiner besonderen Anstrengungen im Vorfeld, um die verwegene Idee in die Tat umzusetzen. Also enterten Günther, sein versierter Freund und eine weitere Person, getrieben von jugendlichem Leichtsinn und Tatendrang, eine der Loks. Es war eine absolut verrückte Idee, die Maschine ins Rollen zu bringen, und mehr, als sie ein paar Meter zu bewegen, hatte das Dreigestirn auch nicht vor. Und es funktionierte tatsächlich! Die Lok schnaufte wenig später über die Gleise!
Die stockfinstere Nacht und der unerwartete Erfolg stachelten die Freunde zu weiteren verwegenen Großtaten an. Einmal ins Rollen gekommen, und da sie immer noch unentdeckt geblieben waren, mochten sie die Fahrt nicht nach ein paar Metern wieder beenden. Also ließen sie die Lok weiterfahren und erwischten das Gleis der Südharzstrecke in Richtung Göttingen – ob gewollt oder aus Zufall, daran erinnert sich Günther nicht mehr. Auf jeden Fall war das die Gelegenheit für einen etwas längeren Ausflug.
Der Herzberger Bahnhof blieb schnell hinter ihnen und Günther, der auf der Lok die Funktion des Heizers innehatte, berichtet heute mit leuchtenden Augen, wie sie unter vollem Dampf über

die Schienen jagten, die Bahnhöfe von Hattorf, Wulften, Katlenburg und Northeim passierten und etliche Bahnübergänge schadlos kreuzten. Nun, es war mitten in der Nacht und zu jener Zeit war kaum damit zu rechnen, dass sie mit unvorhergesehenen Hindernissen kollidieren würden.
Kurz vor Göttingen schließlich brachten die drei Kumpels ihr keuchendes Ungetüm zum Halten und suchten das Weite. In den Göttinger Bahnhof einzufahren, verbot sich wegen der herrschenden Betriebsamkeit von selbst. Niemand von den Dreien wollte sich zu guter Letzt doch noch erwischen lassen. Die Lok blieb auf freier Strecke verlassen zurück.
Darauf angesprochen, dass es sich bei dem Kidnapping, oder in diesem Fall besser Lok-Napping, ja um dreisten Diebstahl gehandelt habe, zuckt Günther mit den Schultern und meint, er und seine Kumpels hätten die Lok ja lediglich ausgeborgt und nicht gestohlen. Dabei spielt ein schelmisches Grinsen um seine Mundwinkel und man kann sich nie ganz sicher sein, ob er sich über sein damaliges Eisenbahnabenteuer amüsiert oder darüber, seinen Zuhörern einen riesigen Bären aufgebunden zu haben.

Verbotene Freundschaften

Ein bis heute wenig beachtetes Kapitel deutsch-deutscher Geschichte ist die Vermessung der DDR-Grenze. Nach der Teilung Deutschlands 1949 war die Grenze lange Zeit ein provisorisches Konstrukt hinsichtlich ihres genauen Verlaufs. Erst im Grundlagenvertrag mit der DDR, der im Dezember 1972 unter der Kanzlerschaft Willy Brandts und seiner Politik des „Wandels durch Annäherung" unterzeichnet wurde, verpflichteten sich beide

Vertragsparteien zur Vermessung der innerdeutschen Grenze. Um die vertraglichen Vorgaben zu erfüllen, wurde eine Grenzkommission gebildet, in der politisch Verantwortliche, Sicherheitsexperten und Vermessungsfachleute beider Seiten vertreten waren. Im März 1973 nahm die Kommission ihre Arbeit auf und unterteilte die gemeinsame, knapp 1400 Kilometer lange Grenze in einzelne Abschnitte, die von Nord nach Süd durchnummeriert wurden. Auf westlicher Seite wurden diese Abschnitte den Anrainer-Landkreisen und damit den jeweiligen Katasterämtern zugeordnet.

Das Amt im damals noch eigenständigen Landkreis Osterode am Harz war für die Vermessung der Grenzabschnitte 25 und 26 verantwortlich. Über eine Gesamtlänge von etwa 46 Kilometern erstreckten sich diese beiden Einzelabschnitte zwischen Hohegeiß im Nordosten und Zwinge im Südwesten. Die Strecke verlief zum großen Teil über schwieriges Gelände, folgte historischen Grenzen oder denen, die von den Alliierten willkürlich festgelegt worden waren.

Auf Basis dieser Vorgaben wurden schließlich die eigentlichen Vermessungsarbeiten aufgenommen. Es war vorgesehen, die Arbeiten von Vermessungstrupps aus Ost und West gemeinsam ausführen zu lassen. Für die Osteroder Landmesser, wie sicher für alle anderen damals vor Ort beteiligten Vermesser bedeutete dies zunächst einmal in fachlicher Hinsicht eine besondere Herausforderung, da neben den politischen auch die Koordinatensysteme, Grundlage jeder Vermessung, unvereinbar schienen. Viel gespannter jedoch waren die Männer aus Osterode auf ihr erstes Zusammentreffen mit dem „Klassenfeind“. Wie sollte man aufeinander zugehen? Wie miteinander reden?

Antwort erhielten die Vermesser, als der Tag kam, auf den sie wochenlang hingearbeitet hatten – der Tag der ersten Begegnung. Treffpunkt war die Straße zwischen Neuhof auf westlicher Seite und Branderode im Osten. Nahe der Neuhofer Kläranlage auf westlicher Seite kamen die DDR-Vermesser durch ein provisorisches Tor im Grenzzaun. Ein bewegender Moment, als sich der „Eiserne Vorhang" plötzlich öffnete und ein Anblick, der niemanden aus der Osteroder Gruppe kalt ließ.

Nachdem die „Arbeitsgruppe Grenzmarkierung" in ihre Aufgaben eingewiesen worden war, nahmen die Vermessungstrupps ihre Arbeit auf; allein, ohne die Delegationen beider Lager, deren offizielle Aufgabe, das Verhandeln, Festlegen und Protokollieren des Grenzverlaufs, beendet war. Ohne die Last der lähmenden Gegenwart der „Funktionäre" und ohne die dadurch verursachte Beklemmung, kamen sich die Vermesser Tag für Tag ein kleines Stück näher, verloren die Scheu und das Misstrauen. Ihre Gespräche wurden von Mal zu Mal persönlicher, freundschaftlicher. Vertrauen wuchs zwischen ihnen heran.

Mit der Annäherung äußerten die DDR-Kollegen erste zaghafte Wünsche nach Dingen, die man kannte und begehrte, die aber zu Hause nicht zu haben waren. Diese Wünsche wurden von den Osteroder Vermessern nur zu gern erfüllt, sofern es ihnen irgendwie möglich war. Die West-Kollegen wiederum schrieben bald ihre „Wunschzettel" und ein reger Tauschhandel begann. Allerlei Mitbringsel, Geschenke und Gegenstände unterschiedlichster Art schmuggelten die Männer von West nach Ost und in umgekehrter Richtung durch den Grenzzaun, dabei stets der drohenden Gefahr ausgesetzt, erwischt zu werden. Das wiederum hätte gerade für die DDR-Kollegen schwerwiegende Konsequenzen nach sich gezogen.

Einige der alten Vermesser aus Osterode erinnern sich sehr gut an diese Zeit, in der sich Licht und Schatten abwechselten. Eine Zeit, in der es ihnen ein ums andere Mal gelang, den

Vermesser der DDR und des Katasteramts Osterode am Harz bei einer Zugvorbeifahrt an der Grenze.

allgegenwärtigen Augen der DDR-Grenzsoldaten und der Beamten des Bundesgrenzschutzes zu entwischen und ihre kleinen „Geschäfte“ sogar vor dem vermeintlichen Stasi-Spitzel in den eigenen Reihen zu verbergen. Sicherlich half dabei, dass der Grenzzaun nie den eigentlichen Grenzverlauf markierte und immer mehr oder weniger weit davon entfernt auf DDR-Gebiet stand. Aus diesem Grund fanden die Vermessungsarbeiten fast ausschließlich auf der offenen Westseite des Zauns statt. Das und die Tatsache, dass man in dicht bewaldetem und unübersichtlichem Gelände arbeitete und man oft große Distanzen von einem Messpunkt zum anderen überbrücken musste, half den Männern, sich den Kontrolleuren zu entziehen.
Während die Truppführer sich mit ihren Theodoliten und Entfernungsmessgeräten auf einem Messpunkt befanden, mussten die Kollegen auf einem anderen, kilometerweit entfernten Anschluss-

punkt entsprechende Markierungen aufbauen und dafür oft lange und zeitraubende Fahrten mit dem Dienstbus durch Feld, Wald und Flur unternehmen. Es entstanden Freiräume und die örtlichen Gegebenheiten wussten die Männer geschickt für ihre nicht zu kontrollierenden, illegalen Transaktionen zu nutzen.

Der Gipfel dieser hochriskanten Unternehmungen war eines Tages, so ist es glaubhaft überliefert, ein Abstecher nach Bad Lauterberg. Die Vermessungsarbeiten konzentrierten sich zu der Zeit auf einen Abschnitt oberhalb des grenznahen Bad Lauterberger Ortsteils Bartolfelde. Als wieder einmal trigonometrische Messungen auf weit voneinander entfernten Punkten anstanden, verbunden mit den entsprechend lange dauernden Fahrten, bedeutete das für die eingeteilten Vermesser längere Zeiten der Abwesenheit und Unsichtbarkeit. Die Gelegenheit war für die Männer einfach zu verlockend, als dass sie sie hätten auslassen können.

Schon tags zuvor hatten die Osteroder diesen Coup geplant und luden ihre Ost-Kollegen zu einem kleinen Ausflug ein. Sie verließen ihren vorgeschriebenen Aktionsradius, ohne dass jemand etwas bemerkt hätte. Über Funk stellten sie die zurückgebliebenen Kollegen und ihre Vorgesetzten mit halbwegs plausiblen Ausreden zufrieden, in der Hoffnung, sie würden keinen Verdacht schöpfen oder zumindest stillhalten, sollte ihnen das Ausbleiben der Männer komisch vorkommen.

Eine Republikflucht der DDR-Kollegen war ja zu keiner Minute geplant gewesen, lediglich ein Ausflug zu einem „Freudenhaus" westlicher Marktwirtschaft. Und ein Freudenhaus war es für die Ost-Vermesser in der Tat, dieses „Autohaus Blume" am Stadtrand Bad Lauterbergs. Die Augen gingen ihnen schier über, als die Osteroder den Dienstbus vor der Ausstellungshalle stoppten. Auto an Auto war aufgereiht – neu, modern, mit allem

Komfort ausgestattet, unterschiedliche Farben, hochglänzende Chrom-Applikationen. Das war etwas Unbegreifliches für die Kollegen aus dem Osten, nahezu unwirklich. Etwas, das in ihrer eigenen Lebensrealität nicht vorkam und das sie, wenn überhaupt, höchstens in heimlich angeschauten West-Fernsehsendungen zu Gesicht bekamen.

„Dass die hier die ganzen Autos aufgebaut haben, das habt ihr doch extra für uns so inszeniert!", war die ungläubige Reaktion der DDR-Vermesser.

Dieser eine Satz sagte alles. Treffender hätte der Unterschied zwischen den politischen Systemen nicht ausgedrückt werden können: Dort die kommunistische Planwirtschaft mit ihren Entbehrungen und hier der Kapitalismus mit seinem verschwenderisch zur Schau gestellten Reichtum.

Die Höhle – Einstieg in die Unterwelt

„Der Berg atmet!"

Besser als mit diesem Satz, können die Empfindungen der „Schatzsucher" wohl kaum beschrieben werden, als ihnen im Jahr 1972 aus einer Felsspalte am Nordwesthang des Lichtensteins ein kräftiger Windzug entgegenwehte.

Der Lichtenstein, eine rund 216 Meter hohe, buchenbestandene Erhebung westlich der Kleinstadt Osterode am Harz, zwischen den Dörfern Förste und Dorste gelegen, gehört zum Gipskarstgebiet des südlichen Harzrandes.

Schon von alters her umrankten den Berg geheimnisvolle und düstere Geschichten, dazu angetan, die Fantasie zu beflügeln und kleine und große Abenteurer anzulocken, auf der Suche nach verborgenen Schätzen oder geheimen unterirdischen Fluchtwegen, angelegt von den Herren der Burg Lichtenstein, von der heute auf dem höchsten Punkt des Berges lediglich ein kärglicher Mauerrest übrig geblieben ist.

„Der Berg atmet!"

Für den Windzug gab es nur eine Erklärung: Hinter der Felsspalte im Karstgestein musste sich ein größerer Hohlraum befinden. Der sagenumwobene Tunnel? Der Fluchtweg von der Burg hinab ins Tal? Gab es ihn wirklich? Nein! Es gab ihn nicht. Hinter dem Spalt verbarg sich kein Tunnel, sondern eine Höhle. Was für eine Enttäuschung für die Freunde mittelalterlicher Ritter- und Sagengeschichten! Dafür eine umso größere Überraschung für die Entdecker und später für die Höhlenforscher.

Sechzig Meter lang und natürlichen Ursprungs war die Höhle, eng, mit verspringenden Klüften und magisch glitzernden Gipskristallen an den Wänden. Ein kleines Naturwunder, das sich den Entdeckern präsentierte, geschaffen durch aufsteigende Tiefenwässer am Harzwestabbruch, und dennoch in keiner Weise „zu gebrauchen". Weder gab es archäologische Funde zu bestaunen, noch war die Höhle begehbar. Was das betraf, hatte der Harz, etwa mit der Iberger Tropfsteinhöhle oder der Einhornhöhle, mehr zu bieten.

Vermutlich wäre die Höhle am Lichtenstein in Vergessenheit geraten, hätten sich nicht Geologen und Höhlenforscher einen Weg durch die scheinbar unpassierbare Stelle am Ende der Höhle gebahnt, weil sie glaubten, dahinter weitere Hohlräume zu entdecken. 1980 gelangten die Forscher endlich in die Spalte hinter der Engstelle und stießen auf ein grausiges Bild, das ihnen den Atem raubte: Menschenknochen! Ein kleiner Haufen Röhrenknochen und ein Unterkiefer. Szenen, die einem Horrorfilm hätten entstammen können. Je weiter die Forscher in das Innere des Berges

Der Einstieg in die Originalhöhle ist für die Öffentlichkeit gesperrt

vordrangen, desto stärker verzweigte sich die Höhle. Es öffneten sich Räume, Kammern und Verästelungen. Und Stück für Stück gab die Unterwelt ihre grauenhaften Schätze frei: menschliche Skelette in ungestörtem anatomischen Verband und Skeletteile, durcheinandergewürfelt und zu Paketen zusammengeschoben, an den Seiten der Höhlenkammern lagernd. Bronzene Ringe, Spiralröllchen, Fibeln und andere Schmuckstücke ließen nur eine Deutung zu: All diese Menschen waren in der Zeit etwa 800 bis 1000 Jahre vor Christi Geburt gestorben – in der Bronzezeit.

Nicht ganz so einfach wie die zeitliche Zuordnung war die Frage nach der Todesursache zu beantworten und jeder neu gefundene Knochen stiftete Verwirrung und gab den Fachleuten Rätsel auf. Was die Wissenschaftler zu intensiveren Forschungsarbeiten antrieb, lieferte den Laien den Stoff, aus dem Schauergeschichten erwachsen. Von kultischen Handlungen war zu lesen, von Menschenopfern und Ritualmorden. Und mit jeder neuen entsetzlichen Deutung der Skelettfunde verstärkte sich der Gruselfaktor. Auf die wissenschaftlichen Fragezeichen, die hinter diesen Deutungen standen, achtete kaum jemand. Mord und Totschlag in der Bronzezeit im Sösetal, das gab richtig was her. Ein bisschen Kannibalismus vielleicht, das wollte man gern glauben.

Schließlich die Ernüchterung, als Jahre später klar wurde, dass es sich bei der Lichtensteinhöhle um das riesige Familiengrab eines bronzezeitlichen Clans handelte. Gebeine von vierzig Menschen, also rund achttausend Knochen, waren geborgen und im Institut für Zoologie und Anthropologie der Göttinger Universität untersucht worden. Mit einer neuen Methodik zur Analyse alter DNA, der sogenannten PCR oder Polymerase-Kettenreaktion. Ermöglicht durch das bei konstanten Höhlentemperaturen über Jahrtausende hinweg gut erhaltene Genmaterial.

Ernüchterung? Nein, nicht wirklich. Die Geschichte war noch längst nicht zu Ende! Vielmehr gipfelte sie darin, dass man der Analyse der bronzezeitlichen Knochen im Jahr 2007 einen Aufruf folgen ließ. Gesucht wurden Probanden, die aus dem Sösetal stammten oder dort ansässig waren. Für die freiwillige Abgabe einer Speichelprobe. Über einen DNA-Abgleich sollte untersucht werden, ob es genetische Eigenschaften gab, die mit denen der Bronzezeitmenschen identisch waren. Es war ein Versuch, nicht mehr als eine verrückte Idee – vermutlich glaubten nur die Initiatoren an den Erfolg. Und dann, allen Erwartungen zum Trotz,

Maßstabsgetreuer Höhlennachbau im HöhlenErlebnisZentrum Bad Grund.

fanden sich Übereinstimmungen, bei zwei Männern aus Förste und dem Nachbarort Nienstedt sogar fast zu hundert Prozent! Bei einer DNA, deren Beschaffenheit eine ohnehin schon höchst seltene Konstellation aufwies. Eine Sensation! Ein Stammbaum, der über dreitausend Jahre zurückreichte. Die Geschichte ging um die Welt: Eine Familie aus der Bronzezeit, deren Verwandte unter uns leben. Mittlerweile haben die Forschungen in der Lichtensteinhöhle ein Ende gefunden und die Ergebnisse werden oder wurden in wissenschaftlichen Schriften festgehalten.
Ich selbst habe eine besondere Beziehung zu der Höhle und ihren Funden. Eine sehr persönliche Beziehung. Mein erster Kriminalroman basiert auf den Ereignissen rund um die Lich-

tensteinhöhle und hat mir während meiner Recherche ein einmaliges Erlebnis beschert. Ich erhielt Zugang zu der Originalhöhle, der den „Normalsterblichen“ sonst verwehrt ist. Es waren unglaubliche Empfindungen, die mich überkamen, als ich mich – völlig unvorbereitet – kriechend und robbend, in Bauch- und Rückenlage durch einen engen Schlund in den Berg gezwängt habe. Bei nicht mehr als dreißig Zentimetern Raumhöhe und dem Druck, der sich augenblicklich auf meinen Brustkorb legte, weil ich mich Millionen von Tonnen Gestein direkt vor meinen Augen und über meinem Körper hilflos ausgeliefert sah. Und als ich den Engpass endlich überwunden hatte, stand ich plötzlich mehr schlecht als recht in einem kleinen steinernen Saal und wusste, es ist ein Grab, in dem ich mich bewege. Ein Grab, auf dessen Boden kurze Zeit zuvor Tausende Menschenknochen lagen. Es war ein Gefühl zwischen Erhabenheit und Schauder, zwischen Euphorie und Beklemmung. Ein Gefühl, das man mit Worten nicht wirklich beschreiben kann. Und es war eine Erfahrung, die mir in Erinnerung bleiben wird.

Grüner Daumen und lichtscheue Gärtner

Wenn man sich durch die im Internet archivierten Artikel der regionalen und überregionalen Medien arbeitet, stößt man regelmäßig auf Berichte, denen zufolge der Harz ein gutes Pflaster für ambitionierte Hobbygärtner zu sein scheint. Na ja, Hobbygärtner ist vielleicht nicht ganz der richtige Ausdruck, weil hinter den Aktivitäten dieser lichtscheuen Pflanzenbauexperten eine professionelle, weil auf maximale Wertschöpfung ausgerichtete Absicht vermutet werden darf.

Die Rede ist vom Cannabis-Anbau im großen Stil. Immer wieder kann die Polizei von Schlägen gegen die Drogen-Kriminalität im Harz berichten. Ob das Zollfahndungsamt Dresden eine Cannabis-Plantage in einem ehemaligen Forstgebäude bei Gernrode im Landkreis Harz aushebt, ob 800 Hanfpflanzen und 2,5 Kilogramm Marihuana-Blüten in einem Gebäude in Wickerode, Landkreis Mansfeld-Südharz, gefunden werden oder die Polizei in einem hotelähnlichen Ferienheim im Oberharzer Ortsteil Sorge 700 Cannabispflanzen sicherstellt. Die Aufzählung ließe sich um weitere Fälle erweitern. Fest steht auf jeden Fall, es wird nicht für den Eigenbedarf produziert, sondern für einen Schwarzmarkt, auf dem Millionengewinne zu erzielen sind.

Die Nachrichten zu einem ganz besonders dreisten Fall intensiv betriebenen Cannabis-Anbaus habe ich recht gut in Erinnerung. Den außergewöhnlich ambitionierten Dunkelmännern kam die Polizei im Jahr 2009 auf einem ehemaligen Industriegelände in Osterode am Harz auf die Spur. In einer Lagerhalle an der Scheerenberger Straße entdeckten die Beamten der Polizeiinspektion Northeim/Osterode am Morgen des 20. April eine Cannabis-Plantage, die unter hochprofessionellen Bedingungen betrieben wurde. Erste Ermittlungen hatten einen Hinweis bestätigt, der eine Woche zuvor bei der Polizei eingegangen war. Dank dieser Vorarbeit konnte ein Durchsuchungsbeschluss für das Gebäude erwirkt werden. Während die rund 1000 qm große Lagerhalle von Polizisten umstellt wurde, brachen weitere Beamte die Stahltür auf.

Die vier Personen, die sich zu der Zeit in der Halle befanden, versuchten, auf einem zuvor vorbereiteten Fluchtweg durch die gerade mal einen Meter hohen Kellerräume zu fliehen. Als sie durch eins der Kellerfenster auf der Rückseite des Gebäudes ins Freie stiegen, wurden sie von den Polizeibeamten in Empfang genommen. Die Täter im Alter von 26 bis 40 Jahren, ein

Der Anbau und die Aufzucht von Cannabis-Pflanzen fordert sehr spezielle und kostenintensive Bedingungen.

Niederländer, eine Frau aus Ellrich und zwei Polen, hatten keine Chance, zu entkommen.

Was diesen Fall von lukrativer Gärtnerei so besonders machte, war der hohe Aufwand und das fachliche Know-how, das die Täter in ihr Projekt gesteckt hatten. Schon die Grundausstattung der Plantage, etwa mit Speziallampen und Ventilatoren, musste allein über 100.000 Euro verschlungen haben. Dazu kamen die Umbaumaßnahmen. Es hatte vermutlich mehrere Monate gedauert, um die Halle in ein Gewächshaus zu verwandeln, das den Anforderungen gerecht wurde. Befeuchtungsanlagen, Transformatoren, Zeitschaltuhren und andere ausgefeilte Technik kamen hinzu und hatten unter dem Strich dafür gesorgt, dass die Cannabispflanzen die allerbesten Bedingungen für ihr Wachstum bekamen. Viel kriminelles Engagement hatten die Cannabis-Bauern übrigens auch an den Tag gelegt, um den Energieverbrauch, der mit dem Betrieb einer entsprechenden Plantage einhergeht, so niedrig wie möglich zu halten. Das bedeutete nicht etwa ein gesteigertes Umweltbewusstsein, sondern es handelte sich eher um den Wunsch, den exorbitant hohen Verbrauch an Strom, Gas und Wasser vor der Außenwelt zu verbergen. Den Tätern war es tatsächlich gelungen, die entsprechenden Zähler professionell zu überbrücken, sodass die Skalen im Tiefschlaf blieben, während die kleinen Setzlinge in der Halle ausreichend Licht, Wärme und Feuchtigkeit zur Verfügung hatten, um zu großen, kräftigen Pflanzen von etwa 75 cm Höhe heranzuwachsen. Über 1800 erntefähige Cannabispflanzen dieser Größe wurden in der Aufzuchthalle vorgefunden, weitere 1320 Pflanzen waren bereits abgeerntet, befanden sich aber noch vor Ort und konnten sichergestellt werden. Rückblickend betrachtet war die Plantage zu jener Zeit die größte jemals festgestellte Anlage ihrer Art in Südniedersachsen. Ein Erfolg der Polizei, der entsprechende Beachtung in der Öffentlichkeit fand.

Die Todesmärsche im Westharz

Es ist wenige Wochen vor dem Ende des Zweiten Weltkrieges, als sich im Harz eins der letzten großen Massenverbrechen in diesem Krieg ereignet. Anfang April 1945 nähern sich die amerikanischen Truppen der südlichen Harzregion und damit den ober- und unterirdischen Rüstungsfabriken und Großbaustellen des Mittelgebirges, in denen KZ-Häftlinge Zwangsarbeit verrichten müssen. Die SS-Führung beginnt, Vorbereitungen zu treffen, um die Häftlinge in frontfernere KZ, insbesondere nach Bergen-Belsen und Sachsenhausen zu überführen.

In den ersten Apriltagen 1945 werden über 40 000 Häftlinge aus dem KZ Mittelbau-Dora bei Nordhausen und den vielen zugehörigen Außenlagern zwischen Osterode am Harz und Sangerhausen in Marsch gesetzt, zum Teil mit der Bahn und, wo die Kriegsschäden dies nicht erlaubten, zu Fuß. Die Schwerkranken werden sich selbst überlassen und bleiben in den Krankenbaracken zurück oder sie werden an Ort und Stelle getötet.

Am 8. April 1945 beginnt der mit 34 Kilometern längste der Todesmärsche in Osterode. Etwa 3500 Häftlinge werden aus dem KZ Mittelbau-Dora über den Harz nach Oker getrieben. Schon vier Tage zuvor hat der Marsch von etwa 450 Häftlingen aus dem KZ in Gandersheim begonnen. Ihr Weg führt über Bad Grund und Clausthal-Zellerfeld nach Wernigerode, wo die Überlebenden am 7. April ankommen. Wernigerode ist ebenfalls das Ziel des Gewaltmarsches von 800 als „gehfähig“ eingestuften Häftlingen der 1150 Mann starken III. SS-Baubrigade, die beim Bau der Helmetalbahn hatten Zwangsarbeit leisten müssen. Am 6. April müssen sie von den KZ-Lagern Osterhagen, Nüxei und Mackenrode zum Lager Wieda aufbrechen. In der Nacht kommen sechs Mann beim Einsturz der völlig überbelegten dreistöckigen Bettgestelle ums Leben. Am nächsten Tag führt der Marsch die Häftlinge nach Braunlage. Als der Krieg vier Wochen später zu Ende ist, sind ein Viertel aller Häftlinge tot. Sie sind verhungert, verdurstet, erstickt, wurden erschlagen, erschossen oder bei lebendigem Leibe verbrannt.

Der ganze Schrecken der Gewaltmärsche über den Harz wird deutlich, wenn man sich auf die Aussagen Überlebender einlässt. Ihre Schilderungen sind bedrückendes Zeugnis unsäglicher Grausamkeit. So schreibt der französische Häftling A. Mouton: „Unser Magen ist seit mehreren Tagen leer. (...) Wir sind erst 10 oder 15 Kilometer gelaufen und einige können schon nicht mehr. Viele wollen sich am Straßenrand niederlassen. Ein Fußtritt, zwei Fußtritte. Wer dann nicht aufsteht, bleibt für immer liegen. Eine Revolverkugel und die ewige Ruhe ist da."

Oder der ehemalige Häftling F., der berichtet: „Wer nicht mehr laufen konnte, wurde erschossen, wir sind an manchen Toten vorbeigekommen. Der ganze Harz ist ja voller klarer Bäche, aber wer aus dem Bach trinken wollte, kam nicht mehr hoch, wurde erschossen. Kontakte mit der Bevölkerung hatten wir keine, die Straßen waren wie leergefegt, die Leute standen hinter den Fenstern."

Und noch einmal A. Mouton: „Die SS-Leute erschießen alle, die sich von der Kolonne zurückfallen lassen. Wir nehmen den Weg wieder auf, um die gleichen Szenen einige Kilometer weiter wieder zu sehen. Was für ein Alptraum für den, der das erlebt hat! Diese Bilder werden ihn sein Leben lang nicht verlassen. (...) Als wir am Bahnhof Oker ankommen, haben nur die Widerstandsfähigsten überlebt. Für wie lange und zu welchen Bedingungen? Werden wir jetzt essen? (...) Was für eine Reise werden wir danach unternehmen? (...) Wir sind müde und erschöpft. Hinter uns in den Gräben haben wir eine große Anzahl unserer Kameraden gelassen. Es ist elf Uhr abends. (...) Viehwaggons erwarten uns. Wir steigen ein. Wir sind 136 pro Waggon."

Und die Zivilbevölkerung? Durch viele kleinere und größere Dörfer und Städte führen die Todesmärsche und Hunderttausende deutscher Bürger und Bürgerinnen werden Augenzeugen. Aber die Menschen sind verführt durch die Propaganda, sie sehen die „Zebras", wie die Häftlinge aufgrund ihrer gestreiften Kleidung genannt werden, als gefährliche Verbrecher an. Die Häftlinge erkennen in den Reaktionen der Bevölkerung oft nur

Gedenkstelen markieren den Weg der KZ-Häftlinge auf ihrem Marsch durch den Harz.

Gleichgültigkeit. Sie fühlen sich wahrgenommen, aber nicht gesehen. Schlimmer noch – flohen einige der Häftlinge aus einem Transport, so beteiligten sich Männer, Frauen und Jugendliche aus der Zivilbevölkerung an Mordaktionen, die verharmlosend als „Hasenjagd“ bezeichnet wurden.

Doch vermutlich ist es nicht nur Gleichgültigkeit oder die Lust an der „Verbrecherjagd", die das Handeln der Zivilisten entlang der Todesmarsch-Routen bestimmt. Sicher spielt auch die Angst vor den Machthabern und ihren Schergen eine Rolle. So erinnert sich zum Beispiel Frau E. an den Morgen des 8. April 1945 in Osterode: „Etwa auf Höhe der Bleichestelle begegnete uns der Zug der Gefangenen. Sie kamen von der Sösebrücke her und nahmen die ganze Fahrbahn ein. Einige wurden auch getragen, von zweien, die die Hände so gekreuzt hatten und den dann trugen. Andere wurden gestützt von anderen. Was ich noch ganz genau in Erinnerung habe: Neben dem Zug ging ein SS-Mann, der hatte eine Peitsche in der Hand, mit einem ganz kurzen Stiel, aber einer ganz langen ledernen Leine, der schlug die immer über den Leuten, die Straße war ja von dem ganzen Zug eingenommen, und ich meine, die Leine ging ganz darüber hinweg, so lang war die, und als er uns sah, der hatte so stechende Augen, an die kann ich mich noch so genau erinnern, ich dachte damals, so sieht der Teufel aus, ich sehe den immer noch mit der Peitsche vor mir."
Heute markieren 20 Stelen im niedersächsischen Teil des Harzes die drei Strecken der Todesmärsche. Sie sind jeweils an Stellen aufgestellt, an denen nachgewiesene Mordtaten geschehen sind. Es handelt sich bei den Stelen um schlichte Betonsäulen, hergestellt in den berufsbildenden Schulen in Osterode im Rahmen des Unterrichts. Lediglich auf den der Straße zugewandten Seiten befindet sich ein Dreieck als Symbol des „Winkels", der farbigen Kennzeichnungen der gestreiften KZ-Kleidung, darunter steht „April 1945", auf der anderen Seite steht das Wort „Todesmarsch". Gerade wegen ihrer Schlichtheit sind die Säulen nicht nur eine Erinnerung an die Schreckensherrschaft des NS-Regimes und ihre Opfer, sondern gleichzeitig eindrückliche Mahnung an uns, sollte unser Weg an einer dieser Stelen vorbeiführen.

Der Brocken – Gipfel der Abschreckung und Sehnsuchtsberg

28 Jahre lang war er unerreichbar, der Berg, der laut Heinrich Heine „ein Deutscher“ ist. 28 Jahre lang war der Brocken ein Symbol der Abschreckung und des Kalten Krieges und ebenso ein Sehnsuchtsberg für alle diejenigen, denen der Aufstieg nach dem Mauerbau 1961 verwehrt blieb.

Einer von ihnen ist Benno Schmidt aus Wernigerode, mittlerweile als Brocken-Benno bekannt und eine kleine Legende. Jahrelang blieb Benno Schmidt nichts, als von seiner Heimatstadt aus voller Wehmut auf den Berg zu blicken. So oft hatte er in seiner Jugend den Berg erklommen, sich an dem Weg hinauf und an dem Ausblick oben auf dem Gipfel erfreut. Ebenso, wie lange vor ihm schon Heinrich Heine und Johann Wolfgang von Goethe. Doch dann, eines Tages Anfang der 1960er-Jahre war es damit vorbei. Niemand kam mehr auf den Brocken. Eine absurde Situation besonders für diejenigen, deren Wohnort ebenso in der DDR lag wie der Berg selbst. Wernigerode, das Zuhause von Benno Schmidt, gehörte zu diesen Orten.

Dabei deutete direkt nach dem Zweiten Weltkrieg zunächst nichts darauf hin, dass es einmal so schlimm kommen würde, auch wenn der Brocken kein wirklich lohnendes touristisches Ziel mehr war, denn das Brockenhotel und andere Gebäude waren im April 1945 von der US-Luftwaffe zerstört worden. Danach wurde der Gipfel zur amerikanischen Enklave in der britischen Besatzungszone. Allerdings machten die Amerikaner bei der Verhandlung über die Teilung Deutschlands auf der Konferenz von Jalta 1945 einen schwerwiegenden Fehler. Sie tauschten den Brocken gegen Teile des Landkreises Blankenburg ein und auf dem Gipfel machten sich die Sowjets breit.

Die wiederum postierten am Berg Kontrolleure. Als bald darauf rund um den Brocken der illegale Grenzverkehr blühte, ließen sie 1951 schließlich eine Dienststelle der Volkspolizei errichten. Der Brocken wurde von den Sowjets zur Sperrzone erklärt.

Immerhin konnten zu der Zeit zumindest Ostdeutsche, die als „zuverlässig“ galten, den Berg noch erwandern, denn sie erhielten Passierscheine. Auch Benno Schmidt besaß einen der begehrten Scheine, da er in Schierke, dem kleinen Ort am Fuß des Berges, arbeitete. Wie er, war damals mancher zu Fuß unterwegs, oder auf der Brockenstraße mit seinem Trabbi oder in der Brockenbahn, die nach dem Krieg wieder fuhr.

Doch dann, im August 1961, kam der Bau der Berliner Mauer, ein sichtbares Manifest für die endgültige Teilung Deutschlands. Und damit war auch für Benno Schmidt der Weg auf seinen geliebten Berg endgültig versperrt. DDR-Staats- und Parteichef Walter Ulbricht schottete den Gipfel ab, ließ um das Plateau herum eine Mauer errichten, 3,60 m hoch und mit Stacheldraht bewehrt. Hinter der Mauer Sowjettruppen, NVA-Streitkräfte und die Stasi. Der innere Ring des Brockenplateaus war ab sofort sowjetisches Sperrgebiet. Darauf stand der westliche Vorposten Moskaus, der Horchposten „Jenissej“, so sein Tarnname. Westliche Quellen, Aufklärungsobjekte von allergrößter Bedeutung für den Warschauer Pakt, standen permanent im Fokus der sowjetischen Abhörspezialisten. Auch die Stasi lauschte in den Westen, hatte in der Abhöranlage „Urian“ 20 Mitarbeiter rund um die Uhr im Schichtbetrieb beschäftigt.

Benno Schmidt erinnert sich gut an die Stelle, an der damals der erste Kontrollposten saß. Am Ortsausgang von Schierke, dort, wo heute die Brockenstraße im Wald verschwindet, befand sich der Schlagbaum, hinter dem der Schutzstreifen begann. An dieser Stelle stand die „Schanze der Einheit“, die große Skisprungschanze, die ihren Namen von Otto Grotewohl, dem ersten Ministerpräsidenten der DDR erhalten hatte. Die Schanze, die nun im Sperrbezirk lag, durfte nicht mehr genutzt werden und wurde dem Verfall überlassen. Ein Kuriosum am Rand ist in diesem Zusammenhang die grenznahe Wurmbergschanze auf westlicher Seite bei Braunlage. Wegen dieser Skisprunganlage musste die DDR-Grenze sogar ein Stück verschoben werden, da man befürchtete, dass die Springer von der Schanze im Westen fast bis in den Osten fliegen könnten, was einer nicht zu duldenden Grenzverletzung gleichgekommen wäre – einer Grenzverletzung der etwas anderen Art.

Entgegen der üblichen Gepflogenheiten, nicht über Grenzanlagen und Klassenfeind zu reden, äußerten sich die DDR-Oberen dennoch, um Verständnis werbend, zum Brocken: „Die exponierte Grenzlage des Brockens macht es aus Gründen der Sicherung unserer Staatsgrenze nicht möglich, ihn zu besuchen. Erfreuen wir uns daher an seinem majestätischen Anblick, wie er, gleichsam über dem Gebirge thronend, von einigen Punkten der Umgebung des Ortes zu betrachten ist.“ Er sei ein „Wächter für unser aller Sicherheit“, hieß es weiter.

Am 3. Dezember 1989 öffnete sich auch auf dem Brocken die Mauer und der Berg wurde unter den lautstarken „Aufmachen,-Aufmachen!“-Rufen der nahezu 3000 wartenden Demonstranten seiner Wächterfunktion entledigt. Gegen 12:45 Uhr war es so weit. Ein Grenzer öffnete das Gittertor und für die jubelnde Menge gab es kein Halten mehr. Sie stürmten das Gipfelplateau und machten in diesem Moment den Brocken, eben noch eine Festung im Kalten Krieg, zum Symbol der Deutschen Einheit. Benno Schmidt, der zusammen mit seiner Frau ebenfalls unter den „Gipfelstürmern“ zu finden war, erinnert sich genau an die bewegenden Minuten. „Sie lagen sich in den Armen“, sagt er,

„haben gesungen und gelacht.“ Es sei der schönste Moment in seinem Leben gewesen, so Schmidt weiter.

Längst ist der Brocken wieder der Harzer Tourismusmagnet schlechthin. Aber nicht mehr der höchste Berg der Welt, wie er einst im Scherz genannt wurde, weil niemand hinaufkam. Täglich stürmen die Besucher den Gipfel, ob zu Fuß, mit dem Rad oder mit der Brockenbahn, ob im Sommer oder Winter, bei schönem und schlechtem Wetter. Doch vermutlich wird niemand je die Zahl der Brockenaufstiege erreichen, die Benno Schmidt auf seinem Konto gesammelt hat und die ihm den Beinamen „Brocken-Benno“ eingetragen haben. Nach wie vor treibt es den mittlerweile 85-Jährigen fast täglich auf den Gipfel. 8390 Aufstiege waren es im Januar 2018 und man darf getrost davon ausgehen, dass der rüstige Bergwanderer noch etliche Touren hinauf auf seinen Sehnsuchtsberg folgen lässt.

Der Brocken zu einer Zeit, als noch Sowjet- und DDR-Truppen auf dem Berg residierten.

Weitere Bücher aus der Region

Sachsen-Anhalt -
Gerichte unserer Kindheit
Rezepte und Geschichten
Salka Schallenberg
128 Seiten, zahlr. Fotos
ISBN 978-3-8313-2982-3

Harz – 1000 Freizeittipps
Ausflugsziele, Sehenswürdigkeiten,
Sport, Kultur, Veranstaltungen
Roland Lange, Christian Dolle
176 Seiten, zahlr. Fotos
ISBN 978-3-8313-2894-9

Weihnachtsgeschichten aus dem Braunschweiger Land
Susanne Diestelmann
80 Seiten, zahlr. schw./w. Fotos
ISBN 978-3-8313-2929-8

Heinrich ist überall!
Geschichten und Anekdoten aus dem
Braunschweiger Land
Susanne Diestelmann, Thomas Klaus
80 Seiten, zahlr. schw./w. Fotos
ISBN 978-3-8313-2978-6

Wartberg-Verlag GmbH
Im Wiesental 1 34281 Gudensberg
www.wartberg-verlag.de

Bücher für Deutschlands Städte und Regionen
Tel. 0 56 03 - 93 05 0
Fax. 0 56 03 - 93 05 28